A través de los ojos de la bestia

Lola

VALERIA GONZÁLEZ
A TRAVÉS DE LOS OJOS DE LA BESTIA

Para Nathan y Janlouis;
dejen huellas en cada paso que den.

ODIO

Vi la isla Yuzhny asomarse entre la niebla. Volver solo me recordaba la razón por la que llegué cuando apenas tenía catorce años.

Cerré los ojos y las imágenes regresaron a mi memoria; en especial la siniestra mirada. Recordaba bien aquella noche, la que cambió mi vida para siempre.

«¡Corre!», fue lo último que dijo mi padre, antes de que una bestia de pelaje oscuro y ojos color ámbar le arrancara la garganta.

Horas más tarde, un hombre de ojos negros llegó a la comisaría reclamando que se haría cargo de mí. Dijo que se lo debía a mi padre y que era su hermano menor. Lo había visto pocas veces, por lo que apenas recordaba su rostro en aquel entonces; pero desde aquel día se convirtió en mi única familia.

Esa noche lo perdí todo: mi hogar, mi madre, mi padre y la inocencia. Juré que jamás olvidaría el color de aquella mirada siniestra y que algún día la encontraría para hacerle pagar por cada una de las vidas que me arrebató.

Regresé de mi recuerdo cuando cayó el ancla y el barco arribó a su destino. Regresaba al lugar que fue mi hogar durante muchos años. Mis pasos retumbaron sobre las tablas del puerto. Respiré hondo, y ese olor a mar y pescados me recordó que estaba en casa.

Luego, desperté: aquel no era mi hogar.

CAPÍTULO UNO

LÚA

Seis meses antes

El sudor corría por la frente y mi pulso se aceleraba con cada paso. La veía, pero no podía alcanzarla.

«¡Debo admitirlo, la chica es rápida!», pensé.

—¡Vamos, Lú! ¿Ya te cansaste? ¿Acaso no puedes conmigo? —dijo Ashlyn con un tono burlón, al verme jadear de tanto perseguirla.

—¡Si dejaras de dar vueltas como una gallina, ya te hubiera derribado! —le grité a la idiota de mi amiga, que seguía corriendo a mi alrededor como un carrusel.

—Admítelo, no puedes conmi…

Antes de terminar su mofa, ya estaba en el suelo. Claro, ayudó el que se distrajera un segundo a mirar a unos hombres que entrenaban cerca de nosotras sin camisa.

—Te dije que dejaras de dar vueltas —dije, y le ofrecí la mano para ayudarla a levantarse.

—Eres injusta, Lú. ¿No podías dejarme ganar, aunque sea una vez? —dijo, e hizo un puchero.

—No, y lo sabes. —Salí del salón de entrenamiento junto a una Ashlyn derrotada—. Acompáñame, tengo que hablar con el tío Petroli.

—No te preocupes, iré a casa…

Su voz y sus hombros se tensaron, como si la asustara el mero hecho de escuchar el nombre de mi tío.

—¿Por qué le tienes miedo?

—No es eso, pero es la cabeza del *klan* y se le debe respeto.

—¿Ir a verlo es una falta de respeto? —pregunté sin mirarla, pues ya sabía lo que diría.

—Lúa, tú eres como su hija, puedes verlo cuando te plazca. Pero los demás debemos tener permiso; lo sabes. —Suspiró y me agarró del brazo para que la mirara—. No sé porqué insistes para que vaya contigo.

—Por nada, solo quería la compañía. Nos vemos mañana. ¿A la misma hora?

—¡No! Mañana será uno de los pocos días soleados y sabes que el sol me reseca mucho la piel. Mejor nos vemos por la noche —dijo, y se alejó.

—Claro... te veo en la noche.

El clima de Yuzhny era gélido debido a su ubicación al norte de Rusia. Era raro tener días de sol, por lo que, cuando sucedían, trataba de disfrutarlos al máximo. Aunque el frío de la isla no me molestaba, en ocasiones anhelaba algo más cálido.

Sin embargo, era favorable para los *vurdalak*, bebedores de sangre, —o mejor dicho, vampiros— que componían la mayor parte de la población. Eran seres orgullosos y civilizados —nada que ver con los que presentan en las películas y leyendas— y su jerarquía era sorprendente.

Los *vurdalak* se podían describir como *superhumanos*, pero para mí eran *supermodelos*. Su alimentación básica consistía de sangre y carne. A pesar de ello, y gracias a mi tío, yo estaba fuera de su menú.

No los mata el sol, ni el ajo, ni los crucifijos; todo eso es puro cuento. Y a pesar de que son eternos, tienen sus debilidades.

Cuando llegué a la isla, no me recibieron con una *cálida* bienvenida; fue muy duro tener catorce años y vivir encerrada. Los Ancianos accedieron a que me quedara con una condición: tenía que cooperar, o sea, donar sangre cada tres meses.

Durante el primer año, Zak, el nieto de mi tío, me ayudó a acoplarme y a no meterme en problemas. Pero tuvo que irse y Ashlyn tomó su lugar, convirtiéndose en mi primera amiga en aquel lugar.

Mi tío me entrenó. Me enseñó a no temerle a lo desconocido; a ser una cazadora de *volkodlak*.

Por años cacé por mi cuenta con la esperanza de que, en una de mis cacerías, Lilith me permitiera volver a ver aquellos ojos que tanto me atormentaban en sueños.

Con los años me volví una de las mejores cazadoras de *volkodlak* —licántropos—, mejor conocidos como hombres lobos. Igual que a los vampiros, las películas los representaban de manera errónea.

En realidad, eran enormes bestias con forma de lobo que podían tomar aspecto humano cuando quisieran. No necesitaban que la luna estuviera llena para transformarse, ese era otro mito; la plata tampoco les hacía daño. No eran inmortales, aunque vivían por mucho más tiempo que los humanos.

Cada vez que llegaba a la mansión en la que vivía con Petroli, me detenía a observarla frente a sus antiguas puertas. Sus paredes se asemejaban a las de un castillo, y esa sensación de *señorío* me recordaba la historia de mi familia: los últimos descendientes directos de *El Primero*, de los que solo quedaba mi tío.

Petroli me explicó que mi padre fue uno de ellos, pero como se había casado con una humana, no llevaba la sangre pura de un *vurdalak*. En otras palabras, era una mestiza.

Las puertas se abrieron y me recibió Lúcás, el anciano más cariñoso que haya existido, a pesar de tener la apariencia ruda que caracterizaba a los irlandeses. Siempre llevaba su impecable traje de servidor y nunca, pero nunca, le vi un cabello fuera de lugar.

—Bienvenida, señorita Lúa. ¿Cómo le fue hoy? —saludó, y me hizo señas para que entrara.

—Bien, gracias. ¿Se encuentra mi tío en casa?

—Sí, señorita, la espera en el despacho —dijo, y rápidamente se dirigió hacia la cocina.

—¡Gracias! —grité, aunque solo podía ver la cola de pingüino de su chaqueta.

Subí las escaleras a paso lento; estaba cansada por tanto entrenamiento. Era como si nos estuvieran preparando para algo grande, aunque no se había informado nada. A pesar de que siempre estábamos en guerra con las sucias bestias, mi instinto me decía que algo mayor se avecinaba.

Al llegar a la puerta del despacho, Petroli aguardaba con una mano en la cintura:

—Podías haber subido un poco más despacio, no hay prisa —dijo, con una leve sonrisa y mucho sarcasmo.

—Lo siento, estoy cansada. Toda la semana me has tenido de misión en misión —dije, y lo abracé, toda sudada, a sabiendas de que él lo odiaba.

—¡Ya suéltame! Ahora tendré que cambiarme, y tengo varias reuniones —dijo, al separarse y arreglar su camisa.

—No es para tanto, tío. Lúcás dijo que me estabas esperando. ¿Pasó algo?

—Necesito a tu equipo, les tengo una misión de suma importancia; está por encima de las demás.

Se sentó en la silla detrás del escritorio y señaló otra frente a este para que tomara asiento. Tenía un semblante serio, más de lo usual, y eso me parecía extraño. Él no era de preocuparse. Lo miré con fijeza y noté cómo su cabello había blanqueado con el tiempo, pero el aspecto de su rostro, y su porte, seguían congelados.

Mientras estudiaba unos papeles noté que tenía los ojos enrojecidos; acababa de alimentarse. Me entregó los documentos, y, al mirarlos, abrí los ojos con asombro al ver en un mapa, marcada con un círculo rojo, la ubicación exacta de la misión.

—¡Tío, pero... esto es territorio de los *volkodlak*!

—Correcto. Y solo tú y tu equipo están calificados para entrar a esa zona —dijo.

Se recostó en su silla y cruzó las manos frente a él.

—¿Quién es el objetivo?

—Mi nieto, Zak —contestó, y me mostró una foto.

Recordaba bien a Zak, aunque hacía años que no lo veía. Tomé la foto y casi se me salieron los ojos:

«¡Ha crecido demasiado!... No es el muchacho que recuerdo», pensé.

No me percaté de que me quedé absorta mirando la foto, hasta que Petroli aclaró la garganta.

—Lo siento, es que ha cambiado mucho desde la última vez que lo vi —dije, y coloqué la foto en el sobre con los demás documentos.

—Sí, lo sé. Ha crecido muy bien, digno de ser el próximo en la línea de sucesión; por eso necesito que lo traigas. Esas bestias saben quién es y no dudarán en matarlo al no conseguir de él la información que buscan. Zak no dirá nada, antes preferiría morir. En los documentos que te di está toda la información que necesitas, incluyendo fotos de los sospechosos del secuestro de mi nieto.

—De acuerdo, tío, considéralo hecho.

Capítulo Dos

Lúa

Al día siguiente me quedé en la habitación para investigar y planificar el rescate, antes de llamar al equipo. Según Petroli, Zak había ido tras un traidor, que vendía información de los *vurdalak* a los *volkodlak*, cuando fue interceptado por lobos.

«¿Para qué lo quieren y porqué aún no lo han matado?», pensé.

De nuevo vi la foto, y pude apreciar bien sus facciones. ¡Vaya, era como estar viendo a Damon Salvatore de *Vampire Diaries*! Esos ojos color azul mar y su cabello azabache, incluso su palidez, eran algo de admirar; gritaban «Mírenme», así fuera en una foto. Lucía alto, y no es que yo fuera pequeña, pero sabía que me quedaría corta por varias pulgadas.

De repente, mi teléfono sonó, interrumpiendo mis pensamientos.

—Hola, Ash —contesté la llamada en alta voz; solo había una persona que me contactaba tan seguido.

—¿Acaso me piensas dejar plantada?

—¿De qué hablas? —pregunté, mirando el reloj—. ¡Rayos! Lo siento, llego enseguida —dije, al darme cuenta de la hora—. Espera, reúne al equipo; tenemos trabajo.

—¡De acuerdo! —Su voz ahora mostraba el matiz de subordinado.

Terminé la llamada, y al levantarme me miré en el espejo. Mi piel se había vuelto muy pálida por el tiempo que llevaba en el norte.

—Quizá me vendría bien un cambio para el encuentro con Zak —pensé en voz alta.

Siempre mantenía mi cabello largo y trenzado, teñido de turquesa, el color que más le gustaba a mamá. Entonces recordé que a Zak le gustaba mi estilo rebelde. Decía que mis ojos, tan hermosos como extraños, eran lo mejor de mí.

Y no lo contradecía, pero al tener uno gris y otro amarillo, resaltaban demasiado. Para disimularlos, llevaba siempre lentes de contactos marrón, por lo que muchas veces olvido que los llevo y cómo lucen mis ojos en realidad. Mi padre decía que, al ser tan llamativos, alguien me podría secuestrar para venderlos. ¡Ja! Lo que dicen los padres para que uno les haga caso.

Lo cierto era que comencé a usarlos para no llamar tanto la atención, y luego de lo ocurrido y saber que llevaba sangre *vurdalak*, entendí que lo hacía para protegerme.

Toqué el collar de rubí que colgaba de mi cuello.

—Cuando lo vea se lo entregaré. Será raro estar sin él… ya es parte de mí —dije en voz baja.

Al salir de mi habitación, una foto cayó de los documentos que llevaba en las manos. La tomé, y vi en ella a dos hombres; uno de frente y el otro de espaldas. A pesar de no verle el rostro, se me hizo conocido. Era bastante corpulento y de larga cabellera negra.

«¿Quién podrá ser?».

Mi teléfono volvió a sonar y guardé la foto en el sobre.

—Sí, sí, ya estoy de camino —contesté, cerrando la puerta.

Tan pronto salí del auto, al llegar a la oficina donde nos reuníamos para discutir las misiones, vi a Dmitri fumando un cigarrillo en la entrada. Tenía los ojos completamente negros, lo que significaba que aún no se había alimentado. Cuando se encontraba así debíamos tener cuidado, era muy volátil y podía matar a cualquiera que estuviera en su camino. Él era el más fuerte y grandulón del equipo.

—Linda noche, D., veo que aún no has comido. ¿Por qué no vas y desayunas? Te estaremos esperando.

—Hola, Lú —gruñó, somnoliento, y movió su coleta rubia hacia atrás—. Ashlyn me despertó diciendo que era algo de suma importancia; una misión.

—Sí, pero prefiero que estés alerta y desayunado.

—De acuerdo, volveré pronto —dijo, y se montó en su camioneta.

Entré al salón y Ashlyn estaba en el regazo de Jasha. Nunca entenderé la relación de esos dos. Jasha era el vampiro más coqueto y mujeriego que había conocido; de apariencia inocente, pero a la vez seductora. Ashlyn jugaba de la misma forma. A veces pensaba que eran tal para cual; me recordaban mucho al yin y al yang: ella con su cabello rubio y ojos color cielo, y él con su cabello negro corto y sus ojos oscuros. Ambos pensaban que jugaban con los sentimientos del otro, pero pude notar la realidad: se morían el uno por el otro.

Al llegar, puse los documentos sobre la mesa donde poníamos los mapas. Todos se acercaron para verlos.

—¡Vaya! Ya era hora de que llegaras —dijo Ashlyn, y se separó de Jasha para acercarse a la mesa.

—Lo siento, Petroli nos dio una nueva misión, y es prioridad. Estaba estudiando los documentos cuando me llamaste.

—¿Y de qué se trata? —preguntó Jasha, que se levantó del sofá y se paró junto a Ashlyn.

—Esperemos a D.; fue por comida. ¿Dónde está Boris? —pregunté, cuando miré a todos lados y no lo vi.

—De seguro está en los *pits*; sabes que los viernes va a las peleas. No creo que venga muy contento —dijo Jasha.

Al oírlo tensé la mandíbula. De todos los del equipo, Boris era el peor para tratar.

—Llama a D. y dile que lo traiga. Lo necesito aquí. ¡Ahora! —pedí con autoridad.

Jasha me miró alzando una ceja. No le gustaba que le diera órdenes, pero obedeció.

Sabían que yo estaba al mando del equipo, aunque a ninguno le agradara. Me veían inferior por ser una *chelovek*. Pero me había ganado ese lugar por todos los sucios licántropos que había eliminado, y no por favores de mi tío.

Me senté a esperar a que todos llegaran para discutir la misión.

Ashlyn se acercó a mi oído:

—¿Estás bien? Te noto tensa.

—Solo me preocupa lo delicado de la misión. Todo debe salir a la perfección.

Treinta minutos más tarde, Dmitri estacionó su Range Rover frente a la oficina. Boris bajó de la camioneta dando fuertes pasos y maldiciendo.

—¡¿Qué demonios quieres, *gryaznyy chelo*...?! —gritó, al abrir la puerta de sopetón.

No bien terminó de decir el insulto y una daga quedó clavada en su hombro, tomándolo por sorpresa.

—¡Si me vuelves a faltar el respeto, la próxima será en tu cabeza! Aquí y ahora soy tu líder, te guste o no —dije, para que entendiera que no le aguantaría ninguna de sus idioteces—. Te necesito para esta misión, pero si no estás en la mejor disposición buscaré a otro que quiera ganarse el dinero y la reputación.

Todos guardaron silencio e intercambiaron miradas, esperando ver lo que él tenía que decir. Boris se acercó a mí, removió la daga del hombro, la limpió en su pantalón y me la entregó. Luego se dirigió a la mesa y esperó a los demás.

Solté el aire que no sabía que estaba conteniendo y Ashlyn pasó el brazo por encima de mi hombro.

—¡Así se habla, jefa! Tienes que poner el pie al frente y dejarlo bien firme. —Miró a Boris y luego me miró a mí—. Aunque, si fuera tú, me cuidaría la espalda. ¡Boris está que explota! —Rio y caminó hasta a la mesa.

La herida de Boris ya había cerrado gracias a su habilidad de sanar con rapidez.

Me dirigí hacia ellos y coloqué los documentos sobre la mesa.

—Un momento. ¡¿Nos van a enviar a territorio *volkodlak*?! ¡Ese lugar está repleto de ellos! —dijo Dmitri, tan pronto vio el mapa.

—¡Ah, ya entiendo! Por eso nos escogieron, saben que somos los mejores —contestó Jasha.

—¿Cuál es el objetivo? Tiene que ser alguien muy importante —intervino Boris.

—Es un científico… y nieto del señor Petroli —dije.

Todos se miraron y sonrieron a medias. Sabían que si hacían bien el trabajo y todo salía a la perfección, se les pagaría el doble, además de recibir un favor del señor Petroli.

—Boris, eres un miembro muy importante del equipo. Te necesitamos, pero no puedo preocuparme por cuidarme la espalda de un compañero cuando tengo que hacer mi trabajo. Así que… Decide, ¿qué harás? —dije, mientras lo miraba fijamente.

El hombre de mediana estatura y cabeza rapada estiró la mano hacia mí, como si fuera a cerrar un trato:

—De acuerdo, tregua.

—¿Cuándo partiremos, Lú? —preguntó Ashlyn.

—Mañana. Por eso que tenía que verlos hoy. Tenemos que prepararnos, así que busquen las armas y traigan el acónito; creo que lo vamos a necesitar. ¡Dmitri, prepara la avioneta!

—¡Hecho! —contestó, y se retiró.

Todos desaparecieron a la misma vez, dejándome sola. Miré la foto de Zak y un recuerdo invadió mi mente. Un grupo de licántropos nos perseguían y un niño de cabello negro me agarró la mano para que no me alejara de él. Corrimos hasta llegar a una pequeña cueva y nos escondimos allí. Estaba asustada y mi corazón latía desesperado. El recuerdo de su voz retumbó en mis pensamientos como si hubiese sido ayer: «No te preocupes, yo te protegeré. No te harán daño, te lo prometo». Me abrazó mientras yo lloraba en su pecho.

Regresé del recuerdo.

—Ahora es mi turno de protegerte, Zak.

CAPÍTULO TRES

LÚA

Cuando mis padres murieron, fue el día más oscuro de mi vida. Jamás pensé que a los catorce años me quedaría sola gracias al maldito destino.

Aún no había podido olvidar esa noche. La escena era grotesca. Ese monumental animal los hacía trizas; había restos de ellos en todas partes.

Papá trató de protegernos, pero llegaron a él. La sangre manchaba el suelo, y esos ojos color ámbar seguían mirándome…

Desperté del recuerdo cuando me llamaron por tercera vez:

—¡Lúa! ¿Qué haces? Nos están esperando —dijo Ashlyn, y me pasó uno de los equipajes que llevábamos.

—¿Acaso nos vamos a mudar? ¿Qué es todo esto? Vamos a una misión, no a vacacionar —dije, al ver todo el equipaje que montaban en la avioneta; lo normal era que lleváramos solo una mochila por cada uno.

—Vamos a territorio de los *volkodlak*. Está a día y medio de aquí y no podemos cazar en esa área, lo sabes bien; eso nos delataría en segundos —dijo Dmitri.

—Es demasiado equipaje, podría retrasarnos —dije, y coloqué la última mochila.

—Llevamos provisiones para nosotros y, por lo menos, para dos más —avisó Jasha.

—De acuerdo, estamos a buen tiempo. ¡Vámonos!

Todos abordamos la avioneta. Las horas del viaje se acortaron gracias a las ocurrencias de Dmitri y a Jasha para matar el tiempo. Boris se entretuvo limpiando sus armas y dagas.

Me le acerqué para platicar; no me gustaba estar distante con ninguno de ellos. Soy de las que piensa que *nadie detiene a un equipo que se cuida.*

—Lamento lo de ayer —dije, y me fijé en la diversidad de dagas y pistolas que llevaba.

—No pasa nada —contestó sin ninguna expresión.

—Boris, ¿por qué te gusta probar mi paciencia? Se está volviendo algo rutinario.

—No soy bueno para seguir órdenes, no lo tomes personal.

—Eso quisiera, pero es obvio tu desagrado porque no soy como ustedes.

—Como dije, no lo tomes personal —dijo, y cerró su mochila después de guardar las armas.

—De acuerdo, no te molesto más —dije, y puse la mano en su hombro, apretando ligeramente.

Me sorprendió ver un atisbo de sonrisa en su rostro, pero fue momentáneo, ya que sus facciones se volvieron a endurecer en segundos.

Hicimos escala a medio camino para reabastecernos de combustible. Ashlyn no tardó en bajar e ir al baño.

—Necesito una ducha, ya no soporto el olor a testosterona.

—¡No tardes, nos iremos en una hora! —grité, ya que salió con prisa y se encontraba bastante lejos.

Me senté al lado de la avioneta a esperar. Tomé uno de los libros que siempre llevaba conmigo y lo abrí donde lo dejé la última vez. Era un libro antiguo. Me gustaba leer sobre las leyendas y profecías de los *vurdalak* y los *volkodlak;* había algo en ellas que siempre atrapaban mi atención. Lo leía antes de cada misión, pues me ayudaba a concentrarme.

—¿Sigues con ese libro de cuentos? —preguntó Dmitri, sentándose a mi lado.

—No son cuentos, son historias de tus antepasados y de cómo comenzó la guerra —contesté, sin apartar la mirada del libro.

—Sí, sí, todo eso es basura. ¿Acaso crees en la profecía que le dará la victoria a los *volkodlak*?

—No, pero podría ser cierto —suspiré hondo, y volteé a verlo—. Mira, lo único que sé es que ellos comenzaron todo, y para mí eso es más que suficiente.

Cerré el libro de golpe y lo guardé en mi mochila.

Esa profecía siempre vagaba por mi mente; hablaba sobre un *salvador* para ellos. Pero no contaban conmigo, pues de ser cierto lo encontraría y lo eliminaría.

Conocía bien la profecía:

La luna se revelará a su verdadero poseedor cuando el eclipse derrame sangre, dejando la noche en total oscuridad. Pero la iluminará el ojo del que traerá la destrucción al mundo, y también el ojo de quien puede vencer la más cruel y vil batalla de todos los tiempos.

Desde la antigüedad se dice que quien la posea tendrá un poder mayor que el de un huracán, será el alfa de los alfas, y salvará la humanidad, o la destruirá. Para cualquiera sería algo irreal, solo un cuento que narraban los ancianos, pero después de todo lo que había visto, para mí era real. Siempre dicen que las leyendas tienen algo de verdaderas. Puede que esa fuera cierta, como puede que no.

Ashlyn llegó y sacó a Dmitri para acomodarse a mi lado:

—¡Anda! ¿Qué esperas? ¡Vamos!

—Si nos retrasamos es tu culpa, por tardar tanto —reprochó Dmitri, y entró a la cabina del piloto.

—Bueno, esta belleza necesita su tiempo —dijo Ashlyn, guardando su estuche de maquillaje.

Entramos a la avioneta y nos acomodamos para descansar un poco. Aún nos faltaba medio camino y necesitábamos estar alertas para cuando llegáramos al territorio de los *volkodlak*. Luego de largas horas, la voz de Dmitri se escuchó por los altoparlantes, avisando que estábamos por aterrizar.

A nuestra llegada, nos dirigimos a la casa del señor Louis; uno de los pocos sobrevivientes humanos que habíamos salvado y pudo seguir con su vida después de perder a toda su familia a manos de los *volkodlak*. Gracias a nuestros contactos dentro del territorio, pudimos infiltrarnos sin ser detectados.

—Hola, Louis. ¿Cómo has estado, viejo amigo? —saludé al ver al enorme hombre de cabello gris.

—¡Hola, pequeña! Cuando me llamó el señor Petroli, no podía dejar de preguntarme si eras tú la que vendrías. De verdad, me da gusto ver que estás bien —dijo, dándome un abrazo. Luego, saludó a los demás.

—Gracias. Sí, solo es cuestión de entrar, extraer y salir. No creo que nos tome mucho tiempo —avisé.

—Creo saber dónde lo tienen. Han estado muy activos en el área montañosa, cerca de la colina del sur —dijo Louis.

Se sentó a la mesa y señaló las sillas para que hiciéramos lo mismo.

—¿Sabes si está vivo? —preguntó Jasha.

—Debe estarlo. Los he visto llevar comida a unas cabañas aisladas de los caminos. Pero debo advertirles que no creo que será fácil —contestó Louis, y tomó un sorbo de cerveza.

—¿Por qué? —preguntó Ashlyn, sentándose a mi lado.

—Cuando digo que hay mucho movimiento en las montañas, lo digo en serio. Hay muchos de ellos, saben que ustedes vendrán por él —explicó, mirándonos con seriedad—. Creo que quieren sacar al señor Petroli de la isla.

—No tiene sentido. Mi tío jamás saldría de la isla por... nadie. Pero quizás sí por su nieto y próximo en línea. Bueno, debemos continuar. Gracias por todo, Louis.

—Desearía poder hacer más, pero este viejo cuerpo ya no soporta tanto —dijo, al mismo tiempo que se levantó y se retiró.

—Dmitri, necesito que uses el dron e identifiques dónde lo tienen. Ashlyn, Boris, les encargo las armas. Jasha, ven conmigo, tenemos que planear.

Todos se retiraron para cumplir las órdenes. Jasha y yo nos quedamos viendo el mapa y trazando la mejor ruta posible para cumplir la misión sin tener bajas de nuestro lado.

Capítulo cuatro

Lúa

Siempre he sido fuerte y ágil. Mi tío decía que lo heredé de mi padre. Por tal, pude seguirles el paso a los *vurdalak*. Son rápidos por naturaleza, aunque algunos más que otros; pero jamás se podría comparar su velocidad con la de un humano.

Nos acercábamos al lugar donde tenían el objetivo, solo que el bosque estaba demasiado silencioso. No podía ver, oler o sentir ningún *volkodlak*; algo andaba mal. Mi instinto me decía que era una trampa, y siempre le he hecho caso.

Llegamos a la cabaña, pero solo había tres guardias. Le hice señas a Ashlyn para que mirara por la parte de atrás pero sin que actuara. A veces tendía a adelantarse y crear más drama del necesario.

—Boris, Jasha, la entrada. Dmitri, ¿estás seguro de que está ahí? —pregunté por el auricular.

—Sí, el dron tiene cámara termal —contestó, viendo la pantalla de la cámara que tenía en la muñeca.

—De acuerdo. ¡Ahora! —ordené.

En cuestión de segundos Jasha y Boris eliminaron a los guardias de al frente y Ashlyn el de atrás.

Entramos a la cabaña y vi a un *vurdalak* muerto en el suelo. Había sangre por todos lados, y pensé lo peor.

«¿Acaso lo mataron?».

Escuchamos los gritos de alguien que provenían de una de las habitaciones cerradas. Dmitri derribó la puerta y había una persona amarrada a la pared y con la cara cubierta. También tenía varias dagas clavadas en sus extremidades para que no se pudiera mover.

Comencé a quitarle el bolso que tenía en la cabeza y desatar las cuerdas. Ashlyn le quitó las dagas, pues al tenerlas enterradas, no podía regenerarse, menos aun si había perdido mucha sangre.

—¡Tranquilo, Zak! Tu abuelo nos envió y te sacaremos de aquí —dije, cuando pude ver sus ojos azules, los cuales reflejaban terror.

—¡Es una trampa! Están por todos lados —gritó, y en ese mismo segundo los alrededores de la cabaña se llenaron de *volkodlak*.

—Son demasiados, Lú —dijo Dmitri, mirando la cámara termal del dron, que estaba suspendido sobre la cabaña.

—¡¿Lúa?! ¿Qué haces aquí? —preguntó Zak al darse cuenta de quién era yo.

—Luego hablaremos, tenemos otros asuntos más apremiantes. Boris, saca las bombas de acónito. Jasha, Ashlyn, arrójenlas por las ventanas; nos dará un momento para salir. Dmitri, llévate a Zak, no está en muy buenas condiciones. Si ves una ventana, te vas, no nos esperes, te veremos en el punto acordado.

Todos asintieron y sacamos nuestras armas. Teníamos que pelear si queríamos salir vivos de esa. De todas las misiones, en ninguna tuvimos que lidiar con una manada casi completa; y eso era lo que aquello parecía. Nos superaban por mucho, y aunque confiaba plenamente en mi equipo, siempre quedaba la duda del «¿qué pasará?».

Jasha y Ashlyn tiraron las bombas, y como previne, los lobos se alejaron, permitiéndonos salir. No duró mucho tiempo: nos atacaron por todas partes. Eran demasiados licántropos.

Pudimos abrir una ventana para que Dmitri sacara a Zak, logrando que el objetivo estuviera a salvo.

«Esto no terminará bien, son demasiados», pensé.

Algunos de ellos estaban en su forma humana y portaban armas, pero la mayoría estaban transformados en enormes lobos. Uno de ellos logró rasgarme la chaqueta, pero me volteé y le enterré la daga en el cuello, matándolo al instante.

Por todos lados se veía cómo los licántropos caían uno a uno; por algo éramos el mejor equipo. Boris atacaba con sus armas y en ocasiones usaba una espada. Jasha era más tradicional: utilizaba dos espadas, y siempre tenía dagas ocultas entre su ropa. Ashlyn, al igual que yo, usaba armas y dagas largas o cortas; son más fáciles para manipular en una pelea cuerpo a cuerpo.

Uno de los *volkodlak* agarró a Ashlyn y la tuvo atrapada en el suelo. Ella hacía lo posible para escapar. Jasha y Boris estaban demasiado ocupados tratando de contener a un batallón de *volkodlaks*.

Cuando me dispuse a ayudarla, lo vi. Aquel pelaje negro, y esos ojos color ámbar me miraban igual que la noche en que le desgarró el cuello a mi padre. Estaba a pocos pies de mí, era el mismo sucio lobo que mató a mi familia.

Había esperado ese momento desde hacía mucho tiempo. Comencé a moverme hacia él y apreté las dagas con fuerza cuando escuché el grito de Ashlyn. El *volkodlak* que la tenía atrapada le había mordido el brazo y estaba a punto de arrancárselo. Lo vi todo muy despacio. Volteé la cara, y ahí estaba el lobo negro, el que debía matar, pero por otro lado estaba Ashlyn a punto de ser desmembrada. Tenía que escoger.

Hice lo que creí correcto, aunque luego me lo reprochara. Lancé una de mis pequeñas dagas con veneno de acónito, atinando en el hombro de la bestia. Corrí lo más rápido que pude y salté sobre el *volkodlak* que atacaba a mi amiga. Le enterré una de las dagas en el cráneo, traspasándolo por completo. Lo quité de encima de Ashlyn y la ayudé a levantarse.

Le silbé a los demás, dando la señal de que nos teníamos que ir. Boris estrelló el resto de las bombas de acónito contra el piso, haciendo que los *volkodlak* se retiraran y dándonos el momento perfecto para escapar.

Corríamos por el bosque y nos detuvimos a una buena distancia. Miré el brazo de Ashlyn, que no paraba de sangrar, y le hice un torniquete.

—¡¿Qué pasó ahí?! ¿Cómo te dejaste atrapar por uno de ellos? Eres la más rápida de todos... —gritó Jasha, enojado, y vio cómo intentaba parar el sangrado de Ashlyn.

—¡Jasha, no estás ayudando! —lo interrumpí.

—Está bien, Lú, él tiene razón; no sé qué pasó. Un momento estaba detrás, y luego, de la nada, me tenía entre el suelo y sus colmillos —dijo Ashlyn, agarrándose el brazo.

—¿Porqué no sanas? —pregunté al ver la herida todavía en ese estado—. Se supone que la herida esté cerrada.

—¿No habías visto una mordida de los licántropos? —preguntó Boris al ver mi cara de preocupación.

—No. Siempre procuro matarlos antes —contesté con sarcasmo.

—No lo tomes a mal. Ella necesita una de las pociones de las brujas para poder sacar el veneno de los *volkodlak* —contestó, y levantó las manos a modo de rendición y caminó hacia el punto de encuentro.

—De acuerdo. ¿Tenemos de eso? —pregunté, y ayudé a Ashlyn a levantarse del suelo para continuar.

—Sí, en la avioneta siempre traemos —dijo Jasha, que pasó el otro brazo de Ashlyn sobre sus hombros para ayudarla a caminar más rápido.

Mi instinto me gritaba que algo no estaba bien. Algo se avecinaba y no sabía qué. Mi piel se erizaba, las gotas de sudor caían sobre mis ojos y hacían que mis lentes de contactos me molestaran. Se me encogía el pecho y la respiración se me entrecortaba.

—¡Esperen, algo no cuadra! ¿Porqué no nos siguieron? No están actuando como siempre —dije, y miré a todos lados al no escuchar aullidos u otro ruido.

—Tranquila, lo más seguro el acónito les hizo efecto —contestó Jasha.

Sentía que había algo en el bosque, nos estaban mirando, cazando, y nadie de mi equipo se daba cuenta. Detuve el paso y cerré los ojos para poder localizar lo que nos estaba acechando. Los demás se dieron cuenta y se detuvieron. Me miraban, pero no decían nada; me conocían muy bien. Tomaron sus armas y se pusieron en posición de ataque.

Entonces lo vi: un pelaje gris y ojos verdes. Nos observaba. Esperaba la oportunidad para aniquilarnos, pero no contaba con que lo hubiera visto.

El silencio se hizo más profundo, y, en cuestión de segundos, el bosque volvió a cobrar vida.

Los *volkodlak* salieron de todas las direcciones e hicieron que mi equipo se desplegara. Mantuve la vista en aquella bestia; sus ojos querían sangre, mi sangre. Entonces lo vi correr hacia mí. Saqué uno de mis cuchillos y esperé a que se acercara más, y cuando saltó, me desplacé debajo de él, haciendo un corte en su abdomen. Aulló y rugió al sentir el filo de mi daga. Me levanté rápidamente y me lancé sacando otra arma; tenía que aprovechar la oportunidad y acabarlo ahora que estaba herido.

Cuando le iba a enterrar los cuchillos, un lobo de pelaje marrón salió de la nada. Empujó al lobo gris y terminó siendo el objetivo de mis armas. El lobo soltó un aullido como ningún otro, y en sus ojos pude ver que su alma dejaba su cuerpo tras un último aliento.

Me levanté y saqué las dagas del cuerpo sin vida del *volkodlak*. Mis compañeros habían acabado con casi todos. El lobo de los ojos verdes gruñó, y, al saltar sobre mí, Boris ya me estaba sacando del lugar. El aullido de ese lobo se escuchó por todo el bosque; no fue un llamado, sino un alarido de dolor y tristeza. No sé cómo lo pude distinguir, pero lo sentí en mi corazón, y era la primera vez que me pasaba algo así.

Capítulo Cinco

Un barco se acercaba para llevarme muy lejos de ella. Algo que no quería hacer, pero era mi deber.

—Tranquila, prometo que te voy a proteger. No te harán daño mientras uses este amuleto —dije, y le entregué un collar con una preciosa piedra roja—. Recuerda llevarlo siempre contigo.

Ella me miró asombrada y negó con la cabeza.

—Pero… es el que tu madre te dejó antes de morir. No puedo aceptarlo, es muy valioso y significa mucho para ti. Aparte, te irás a Rusia y no te volveré a ver. El tío Petroli dijo que vas a empezar tu entrenamiento para convertirte en un hombre, y en su sucesor —dijo la chica de quince años, con los ojos llenos de lágrimas.

—Volveré, lo prometo. Por el collar y por ti, ya lo verás —dije.

Sabía que no era cierto, pero no me gustaba verla llorar. Ya había sufrido demasiado. Su hermosa mirada me hipnotizaban cada vez que la veía; esos ojos de diferentes colores eran algo especial y únicos. Eran extraños para muchos, pero para mí, eran maravillosos; un rasgo muy distintivo de la chica humana que mi abuelo trajo a casa.

Mi abuelo la obligaba a seguir usando lentes de contacto para que nadie pudiera reconocerla. Solo él, los Ancianos y yo sabíamos quién era en realidad, por eso debía protegerla. Si tenía que partir para hacerlo, lo haría.

Ella aceptó el collar, se lo colgó del cuello y me miró una vez más antes de partir...

Escuché una discusión a lo lejos. Perdí demasiada sangre, por eso me quedé inconsciente y mi mente divagaba entre los recuerdos.

Abrí los ojos y vi de nuevo a esa mujer, pero no podía creer que fuera la misma que dejé en la isla Yuzhny muchos años atrás.

—¡Vaya, hasta que por fin despiertas! —dijo una chica rubia.

Todos dejaron de discutir. Lúa se acercó a mí y tomó mi mano.

—¿Cómo te sientes? Te hemos transfundido dos pintas de sangre. Necesitas alimentarte para que sanes.

—¡¿Lúa?!... ¿De verdad eres tú? —pregunté, con los ojos bien abiertos.

Ella me sonri, se levantó y se alejó. Vestía como una asesina de películas de acción. Su cabello largo y turquesa estaba trenzado. Su ojo izquierdo estaba oculto por el cabello que le caía sobre el rostro. Su figura era algo de contemplar, para nada se parecía a la chiquilla llorona del pasado.

—¡Sí! ¿Te es difícil creer en lo que me he convertido? —preguntó ella, buscando algo en una nevera.

—No... digo, sí... Es que jamás me imaginé que trabajarías para la organización. Aparte, no pensé que mi abuelo te enviaría... —dije, y miré a todos lados, intentado comprender dónde me encontraba. Estaba en un avión pequeño y, por lo que pude ver por las ventanas, ya estábamos volando.

Lúa regresó y me entregó unas pintas de sangre.

—Aliméntate, ya tendremos tiempo de ponernos al día.

Dio media vuelta y entró a la cabina de control, dejándome con la rubia y los dos hombres, que también se alimentaban.

Capítulo seis

Lúa

Llegamos a la isla y cumplimos con la misión. Eso era lo que tenía que hacer. ¿Pero por qué me seguía sintiendo mal?

Al llegar a la entrada de la mansión, Lúcás nos esperaba con las puertas abiertas. Solo estábamos Zak y yo; el resto del equipo se fueron a descansar. Al siguiente día tenían audiencia con mi tío.

—Buenas tardes, señorita Lúa. ¡Qué bueno que ya esté de regreso!

—Hola, Lúcás; gracias. Todo salió como esperaba —contesté, y le di mi mochila.

—Buenas tardes, señor Zak, es un placer volver a verlo.

—Buenas tardes, Lúcás; igualmente. ¿Mi abuelo está en el despacho?

—Sí, los está esperando —contestó el mayordomo, que se hizo a un lado para que pudiéramos pasar.

Caminé sin prestar atención hacia dónde me dirigía. Tenía la cabeza llena de preguntas y dolor en el pecho. Llegué frente a la puerta del despacho de mi tío y me quedé parada, sin hacer nada. ¿Qué me pasaba?

—¿Lúa? ¿Estás bien? —preguntó Zak, al ver que me había quedado inmóvil.

Me tocó el brazo y salí de mi embeleso.

—Sí… lo siento. —Llamé a la puerta— Tío, ¿podemos pasar?

En ese mismo instante, la puerta se abrió.

—¡Zak! ¡Lúa, sabía que podía contar contigo! —dijo Petroli. Se paró de su asiento y se dirigió a Zak—. Imagino que todo está bien, ¿no? —supuso, y posó la mano en el hombro de Zak.

—Sí, no hubo bajas y salimos sin dejar rastro.

—Bien hecho, Lúa. ¿Podrías dejarnos a solas? Debo hablar con Zak.

—Claro, tío. Estaré en mi habitación por si me necesitas —dije, y me despedí de Zak—: Iré a descansar, pero si no tienes nada que hacer mañana, podríamos salir y ponernos al día.

—Sí, eso me gustaría —contestó Zak, depositando un beso en mi mano.

Su gesto me dejó sorprendida.

Salí del despacho, pero antes de cerrar la puerta, escuché a mi tío:

—¿Pudiste averiguar algo?

—Sí, y es como dijiste… Creo que la leyen…

La puerta terminó de cerrarse de golpe; asumí que fue Petroli. Siempre ha sabido cuando sigo escuchando, pero algo de lo que dijo Zak me intrigaba. ¿Qué era lo que tío le había mandado a hacer? ¿Una leyenda?

Me encogí de hombros y seguí mi camino; necesitaba una buena ducha.

«Todo pasa por una razón», decía mi padre. No pasaba una sola noche en que aquella pesadilla no se repitiera y viera su rostro

«Pagarán por lo que hicieron. Los encontraré y los mataré a todos» era mi mantra a diario.

A mi mente vinieron los ojos de aquel lobo gris, y aún podía escuchar su aullido de dolor. Pero ¿por qué sentí lástima? ¿Porqué me dolió tanto? Fue como si a mi corazón le doliera la partida de ese asqueroso *volkodlak*.

Me asomé por la ventana y vi la puesta de sol; hacía mucho que no lo veía. Ese día era uno de los que se podía apreciar, y lo desperdicié durmiendo. Cada día me parecía más a ellos. Me alejé de la ventana cuando llamaron a mi puerta.

—Lúa, ¿estás despierta? La cena está lista, baja cuando puedas —dijo Zak, del otro lado de la puerta.

—Gracias, enseguida bajo.

Comencé a cambiarme cuando de repente el collar de rubí, que siempre llevaba puesto, se cayó. Lo recogí y lo observé con nostalgia

«Se lo tengo que devolver», pensé.

Lo guardé en el bolsillo de mi pantalón y abrí la puerta. Bajé las escaleras y me encontré con Zak, que iba subiendo.

—Hola, espero que hayas dormido bien.

—Sí, gracias. Con todo lo que pasó, estaba molida.

—Si deseas, puedo llevarte a cenar fuera y…

—Tío te tiene trabajando mucho, ¿cierto?

—Sí, me atrapaste; pero no tengo ningún compromiso. Así que… solo si quieres.

—Claro, no hay problema; vamos —dije, y lo agarré de la mano que tenía tendida hacia mí.

Esa tarde la pasamos de maravilla. ¡Zak había cambiado tanto! Era todo un caballero y su compañía fue muy agradable.

Me llevó a un lugar hermoso y rústico. La comida era exquisita, se podía percibir el ambiente romántico, con sus velas, música suave y parejas por todas partes. De repente me sentí insegura. Hacía mucho tiempo que no pasaba tiempo con él; era una persona completamente diferente a como lo recordaba.

Zak me miró con curiosidad.

—Pregúntame lo que quieras —dije, recostando los codos en la mesa y mirándolo con fijeza.

—Soy muy obvio, ¿verdad?

—Sí, adelante. ¿Qué quieres saber?

—¿Cómo es que terminaste en *esto*? Pudiste hacer cualquier otra cosa.

—¿En esto? —No entendí su pregunta.

—Digo, en la organización. Estás destinada a mucho más…

—¿Disculpa? ¿Acaso ayer no te salvé la vida? ¿Estás insinuando que no…?

—¡Lúa, detente! No es mi intención ofenderte. Solo me preocupo por ti —dijo, y alzó los brazos a modo de rendición.

Suspiré hondo y me acomodé en el asiento, bajando los codos de la mesa. No me gustaba que me quisieran estereotipar como *dama en peligro*. Lo miré a los ojos y le dije con seriedad:

—Zak, te fuiste hace muchos años y me quedé sola. Tuve que defenderme de muchos, y el único que me dio las armas para hacerlo fue tío. Él cuida muy bien de mí. No quieras hacerme ver como si fuera una marioneta, porque no lo soy. Y no necesito que me protejan. Me he ganado mi lugar y mi equipo gracias a mi entrenamiento. Aparte, tengo cuentas pendientes con los *volkodlak*. Además, la organización ha cambiado; está más actualizada y bien coordinada. Todo lo que tiene que ver con la política está aparte. La organización solo se limita a limpiar y rescatar, si entiendes lo que digo.

Zak suspiró y agarró mi mano.

—Tienes tanto odio en tu corazón por esas bestias, pero ¿qué pasaría si…? —Zak se detuvo y sacudió la cabeza—. Lo siento, Lúa, olvídalo. Y dime, ¿qué más has hecho desde que me fui?

No continué con el tema ya que me estaba incomodando, pero noté que quiso decirme algo y se contuvo.

Estuvimos hablando de muchas cosas: de lo que hizo en Rusia y sus estudios. Se dedicaba al estudio de las ciencias y otras cosas. Le conté todo lo que estuve haciendo, hasta que el mesero llegó y nos dejó la cuenta sin nosotros pedirla. Creo que, indirectamente, nos estaban sacando del lugar.

Me reí, recordando por qué me gustaba mucho estar con Zak. Él era encantador, y eso no había cambiado. Sus ojos azules buscaban adivinar lo que pensaba y esa sonrisa pícara enloquecía a cualquiera.

—Vaya, todo ha sido muy interesante —dijo, sacando la tarjeta para pagar al mesero.

—¿Me estás diciendo que soy interesante? —repliqué con picardía.

—Sí —contestó.

Me miró directo a los ojos y se acercó. Me tomó por sorpresa y sin querer derramé la copa de vino en la mesa, destruyendo el momento romántico. ¡Bien por mí!

Pasaron varios días del desastre de cita que tuve con Zak. Él había estado muy ocupado con mi tío, y yo estuve en misiones de rutina a las afueras de la isla. Mi equipo estaba preparado para partir de regreso a nuestro hogar, pues ya habíamos terminado lo que fuimos a hacer.

Ashlyn me miraba con preocupación.

—Lú, has estado muy distraída desde que trajimos al nieto del señor Petroli. ¿Está bien todo?

—Sí, no te preocupes; solo es cansancio —dije, para que no siguiera preguntando.

—¡Ujm! ¿O es que está pasando algo entre ustedes y no me has dicho nada? —dijo, y se acercó aún más.

—No, *Ashlyn*, no hay nada entre nosotros. Y no sigas preguntando. Vamos, que quiero llegar a casa.

—Sí, claro, como digas. Me imagino que ya quieres ver esos *ojos azules* diciéndote: «¡Bienvenida a casa, Lúa!». Y obvio que no hablo de Lúcás.

Se fue riendo después de que le arrojé la mochila.

Al arribar al puerto de la isla, Zak nos esperaba cerca del muelle, recostado de su auto. Vestía una camiseta blanca que dejaba apreciar una parte de su pecho, ya que tenía los cuatro primeros botones desabrochados. Tenía las mangas enrolladas hasta los codos, y pantalón y botas negros. Lucía muy elegante.

Su cabello oscuro se movía al compás del viento, y esos ojos azul-mar-profundo me absorbían como si fueran un vórtice del cual no podía salir.

—Tierra a Lúa… ¡Holaaaaa!

Ash pasó su mano delante de mi rostro sacándome de mi ensimismamiento. No paraba de reír como hiena al verme así, y para mi desgracia, Jasha le seguía el juego.

—¡Vaya! ¡Jamás había visto a la gran Lúa quedarse sin palabras! —dijo Jasha, riendo.

—¿No tienen algo mejor que hacer? Boris y Dmitri los dejaron atrás —dije, y señalé hacia donde los demás se habían ido.

Ashlyn miró hacia allá y jaló a Jasha para alcanzarlos y poder recoger la recompensa de la misión.

Me volteé y caminé hacia mi vampiro… digo, Zak. No puedo mentir, se veía espectacular, como sacado de una revista.

—Hola, Zak, ¿esperas a alguien? —saludé.

—Se podría decir que sí —contestó, abriendo la puerta de su auto.

—¿Y adónde vamos?

—Tú tranquila y entra al auto, por favor. Por hoy, eres mía.

¡Uf! Al escucharlo decir eso, mis piernas se debilitaron y a mi mente vinieron un sinnúmero de escenas no aptas para menores. Me subí al auto y él cerró la puerta, para sentarse en su lugar.

Mientras el día se hacía más oscuro, disfrutamos de nuestra compañía. El silencio era agradable y más cuando Zak tomó una de mis manos y la sostuvo la mayoría del camino. Teníamos una bonita relación, pero no me había dado cuenta de lo cómoda que me sentía al sostener su mano. Sí, eso me traía varios recuerdos.

Zak se detuvo frente a un restaurante que yo no conocía. Su fachada era elegante y desde afuera se podía oler la comida.

—Zak, no estoy vestida para esta clase de restaurante —dije preocupada, mirando la ropa que llevaba puesta, pues regresaba de una misión y tenía mi traje táctico de color negro.

—No te preocupes, tengo un salón separado para nosotros —dijo; tomó mi mano y cerró la puerta.

—¿Salón? ¿No querrás decir «mesa»?

—No, salón.

—¿Y qué piensas hacer en ese salón, Zak? —dije con incitación.

Zak comenzó a reír, me miró y se acercó a mi rostro.

—Nada de lo que esa cabecita tuya está pensando. Solo comeremos; lo digo en serio. —Me guio mientras reía.

«¡Ay, Lúa, tú y tus pensamientos siempre haciéndote quedar mal!», pensé. Entramos al salón y nos sentamos a esperar al mesero para que nos tomara la orden.

—¿Cómo les fue en la misión? —preguntó.

—Todo bien, solo fue una de rutina; no nos tomó mucho tiempo. Mi equipo es uno de los más rápidos de la organización. Por eso en las misiones de rutina regresamos días antes —dije, orgullosa de ellos.

De verdad que habíamos trabajado muy bien juntos, incluso Boris.

—Qué bien. Es bueno saber que te has acoplado bastante bien con los *vurdalak* de la organización. De por sí ellos pueden ser bastante…

—¿Crueles, despiadados? Sí, lo son, pero he demostrado ser incluso mejor que algunos de ellos en lo que hago.

—Sí, lo sé. —Tomó mi mano y la besó—. Lúa, eres increíble; desde hace mucho estuve pensando en ti. Quería verte, saber cómo estabas, pero el trabajo de investigación en el que estaba no me lo permitía. Espero no haber llegado *muy tarde* —dijo, sin soltar mi mano.

—También estuve pensando en ti. Fuiste… la primera persona que se quedó a mi lado los primeros días que llegué a la isla. Si no hubiera sido por ti, sabrá Lilith dónde hubiera terminado. —Saqué de debajo de mi camisa el collar de rubí—. Esto te pertenece. —Me lo quité y se lo entregué.

Su rostro se tornó nostálgico. Sostuvo el collar contra su pecho, luego lo besó y se levantó de su asiento. Puso las manos en mis hombros —estando a mis espaldas— y me colocó el collar.

—Mi madre me dijo que se lo obsequiara a la mujer que llegara a mi corazón, y desde el momento que vi esos hermosos ojos de distintos colores supe que esa mujer eras tú. Ese día entraste a mi corazón y no te he dejado ir.

Me levanté de la silla y lo abracé con fuerza. Sus palabras fueron hermosas y llenaron mi corazón de una increíble felicidad. Se separó un poco y me besó los labios con un sentimiento de posesión. Su beso fue lento, pasional, urgente, pero a la vez preciso. Un beso que recordaré por el resto de mi existencia, de eso estoy segura.

Luego de la cena caminamos por los alrededores del lugar. Había un paseo tablado iluminado por lámparas flotantes. Ese restaurante estaba situado en un lugar muy hermoso y romántico; cerca de la costa.

—¿Lámparas flotantes? Deben de ser de las brujas. ¿Cómo supiste de este lugar? Jamás lo había visto.

—Dmitri. Hace unos días lo vi en la casa del Abuelo, y cuando lo saludé, me entregó una promoción de apertura de este lugar. Creo que es de un familiar suyo.

—¡Oh! Nunca lo había mencionado; se lo agradeceré luego. Este lugar es hermoso.

—Sí, igual que tú —dijo, mirándome con ojos de cachorro enamorado. Agarró la punta de mi trenza y la desató—. Tu cabello me gusta más cuando está suelto.

—Me vas a sonrojar, y no soy ese tipo de chica —dije, y miré la preciosa vista al final de tablado.

El amanecer se alzaba en el horizonte. Una leve brisa vino con el rocío de la mañana y mi piel se erizó al sentirla.

—¿Tienes frío? —preguntó Zak al verme frotar los brazos y me abrazó por la espalda.

—Un poco. Pero tu cuerpo no podrá calentarme, eres de sangre fría —dije, y reí. Luego, di la vuelta para devolverle el abrazo.

—¿Eso es lo que piensas? Hay muchas maneras para poder calentarte.

Zak se apartó lentamente y sus manos acariciaron mi rostro. La mano derecha tocó mi cuello, bajó con lentitud por mi brazo y cintura, hasta llegar a mi espalda baja. La otra, la mantuvo en mi rostro, sin despegar sus hermosos ojos azules de los míos. Se acercó hasta que nuestros labios rozaron, y los abrí a la expectativa de otro beso.

No me equivoqué: me besó con pasión. Ahí, al final del camino, en el comienzo de un nuevo amanecer.

Mis sentidos estaban alborotados, era como si entrara a una burbuja y solo estuviéramos él y yo. Lo que sentía por él crecía cada vez más. Pero algo no estaba bien. De repente me sentí asustada. Mi mente maquinaba a una velocidad impresionante. Me separé con rapidez de Zak y miré a todos lados.

—¿Qué ocurre? ¿Lúa?...

Le hice señas para que callara. Un humo extraño comenzó a esparcirse alrededor de nosotros, y saqué la daga que tenía en mi bota, ya que había dejado todo mi equipo en el auto de Zak. Me tapé la nariz para no seguir respirando ese humo.

—Zak, no respires… —advertí.

—¿Qué es esto? ¿Lúa? ¿Qué…? —Zak comenzó a toser; el humo le estaba haciendo efecto.

—Zak, detrás mí. ¿Cómo es posible que alguien ataque en la isla? Está demasiado custodiada, no es posible… —Reconocí el olor del humo y me alarmó aún más—. ¿Belladona? ¡Zak, hay que salir de aquí!

Zak trató de moverse pero cayó inconsciente al suelo. Me había amarrado parte de la manga de mi camiseta en el rostro a modo de cubrebocas, pero la belladona estaba haciendo efecto. Estaba alarmada y todavía no sabía quién era el responsable.

—¿Estás bien, *Cazadora*? —preguntaron a mi espalda.

Cuando me volteé, vi un hombre corpulento que apestaba a *volkodlak*.

Era uno de ellos, pero ¿cómo? ¿Cómo no lo pude sentir hasta que habló? Comenzaron a aparecer de la nada; tenían máscaras antigases y equipos de escalar. Ataqué con torpeza, pues sabía que no saldría de esa. Mi cuerpo no respondía, no coordinaba bien, no tenía armas ni a mi equipo.

El humo se disipó e hizo que los hombres que estaban a mi alrededor se quitaran las máscaras. El que parecía ser el líder se me acercó y me agarró; me apretó el brazo y me golpeó la cara, haciéndome caer al lado de Zak, en el suelo.

Estaban riendo. Escupí sangre y sabía que mi cara se estaba inflamando. Sentía los ojos pesados por el maldito veneno corría por mi sistema. No podía hacer nada, ese era mi fin.

—¡Al fin tendremos justicia! ¡Tenemos a la Cazadora!

Una de las voces se me hizo familiar.

—Recuerden el trato: solo se llevarán a la chica, no pueden tocar al hombre.

—Sí, sí, nosotros cumplimos con nuestra parte. Ahora, cumple con la tuya y déjanos llevarnos a esta —dijo uno de los que me atacó.

—De acuerdo, es toda suya.

Todavía podía sentir cómo latía y se rompía mi corazón al oír su voz. Jamás pensé que quien me traicionaría de esa manera fuera él...

Dmitri.

Capítulo Siete

ZAK

Abrí los ojos, alarmado, y miré a todas partes. Estaba en mi habitación, en la casa de mi abuelo.

«¿Cómo llegué aquí? ¿Lúa?».

Me agarré la cabeza cuando un fuerte y repentino dolor me invadió. Cerré los ojos y recordé que fuimos atacados en el paseo tablado cerca del restaurante. Me levanté de la cama y corrí hacia el despacho de mi abuelo.

Al verme ahí, en su puerta, exclamó con alivio:

—¡Zak, despertaste! Me tenías preocupado, estuviste dos días durmiendo.

—¡¿Qué, dos días?! ¿Dónde está Lúa?

—Sí —dijo; se acercó y puso una mano en mi hombro—. Ven, siéntate. Lamento decirte que los *volkodlak* se la llevaron. Aún no sabemos cómo entraron a la isla.

—Espera, ¿se llevaron a Lúa? ¿Pero co...?

Comencé a toser. Me ardía la garganta y me sentía débil.

—Tranquilo, Zak, no te has alimentado en dos días —dijo mi abuelo, y llamó por teléfono a Lúcás.

No pasó un minuto y ya tenía una copa de sangre fresca en mis manos.

—Gracias, Lúcás —dije, y bebí de la copa, aliviando la sed que quemaba mi garganta.

—¿Qué hacías con Lúa en esa área tan remota de la isla? —preguntó mi abuelo, tomando asiento.

—Fuimos a un restaurante que abrió hace poco...

—¡No mientas! En esa área no hay nada, solo un puesto de vigilancia —gritó mi abuelo, y golpeó su escritorio con fuerza.

Me tomó por sorpresa, pues nunca lo había visto perder la compostura.

—Abuelo, no estoy mintiendo. Dmitri me dio una promoción del lugar que estaba abriendo y decidí llevar a Lúa; también hay un paseo tablado que lleva a la orilla de la pendiente.

—¿Dmitri? —preguntó, alzando una ceja y volviendo a coger su teléfono—. ¡Traigan a Dmitri, ahora!

Me quedé en silencio, porque era evidente que el abuelo estaba a punto de perder el control. Se pasó las manos por el cabello, despeinándose. Sus ojos brillaban con un color carmesí y sus uñas se alargaron. Cuando Dmitri entró seguido de dos guardias, Abuelo se levantó.

—Mi nieto dice que tu familia abrió un nuevo restaurante a las orillas de la isla. ¿Es eso cierto? —preguntó con un tono de voz amenazante.

Dmitri no se atrevió a mirarlo. Estaba petrificado, se podía oler el miedo que le tenía.

Abuelo se le acercó y le preguntó una vez más:

—¿Es eso cierto? ¡Habla!

—No, se-señor —dijo Dmitri, con la cabeza agachada.

—Entonces, ¿mi nieto está mintiendo?

—No, señor...

—¡¿Podrías explicarte?! ¡¿Por qué había un restaurante en esa área?! —gritó, mirando fijamente a Dmitri.

—Se... ñññ-ooorrr...

—¡HABLA! —gritó Petroli.

—Las... bru-jas... E-ellas m-me a-ayudaron... Le-les pa-agué para que lo hi-cieran y... e-el paseo ta-tablado tam-bién —dijo Dmitri, asustado.

«¿Luces flotantes? Tienen que ser un regalo de las brujas», recordé a Lúa decir.

Sí, las luces; Lúa lo había sospechado. Pero gracias a mí, ya no estába aquí. No debí llevarla a ese lugar.

Mi abuelo se sentó sobre su escritorio, con los dedos en el entrecejo, y preguntó:

—¿Por qué?

—Cuando fuimos a rescatar a su nieto, Lúa me encomendó huir del lugar con Zak, costara lo que costara. Cuando salía del bosque con él, que estaba inconsciente, me alcanzaron varios *volkodlak*. Eran demasiados, sabía que matarían a Zak. Traté de negociar con ellos, pero lo único que les interesaba era usted, señor, o la Cazadora, así le llaman a Lúa. Les prometí una ventana en la isla, pero solo para que se llevaran a Lúa. Tendríamos una tregua entre nosotros, siempre y cuando entregara a la chica. ¡Señor, piedad! Lo hice por nosotros. ¡Zak es el futuro del *klan*!

Dmitri se arrodilló delante de mi abuelo, rogando por su vida. No podía creer lo que había hecho: vendió deliberadamente la vida de Lúa, y peor aún, dejó entrar a los *volkodlak* a la isla. Mi ira era tanta que se podía notar.

Los ojos de Dmitri se movían de un lado a otro, mirando a mi abuelo y a mí, como pidiendo clemencia. Si no fuera por el respeto que debía mostrar frente a mi abuelo, ya lo hubiera eliminado.

—Has actuado por tu cuenta, y no por el bien del *klan*. Tomaste una decisión que no debías. No sabes lo que Lúa representaba para este *klan* —dijo mi abuelo, con una ira mayor que la mía.

Su rostro se transformó en uno no muy placentero, sus ojos brillaron y su cuerpo hizo lo mismo. De su espalda aparecieron unas alas de piel negras, y donde una vez hubo manos, ahora había garras. Una sola vez había visto esa forma de mi abuelo.

Dmitri seguía pidiendo clemencia, pero mi abuelo ya era esa criatura enorme y escalofriante. Agarró a Dmitri por el cuello y lo levantó como si no pesara. El rostro de pánico de Dmitri se reflejaba en los ojos rojos de la criatura mientras trataba de zafarse de sus garras. La criatura chilló, tan agudo que nos ensordeció. Abrió la boca, enseñando los colmillos para arrancarle el cuello a Dmitri y beber su sangre hasta dejarlo seco y sin vida. Cuando terminó con el cuerpo, lo lanzó a la pared, y este se hizo polvo.

Mi abuelo comenzó a volver a su forma humana y me miró:

—Si no la matan por el odio que le tienen, pronto descubrirán quién es.

—Lo sé, abuelo; necesitamos rescatarla —dije con determinación.

—¡NO! —exclamó, y se acomodó el cabello.

—¡¿Qué?! Pero…

—Tenemos que eliminarla, no puede volver; solo le queda la muerte —dijo, volviendo a su escritorio y tomando el teléfono—. Ve a Rusia, reúnete con los Ancianos y llévales la noticia; diles que perdimos a Lúa y necesitaremos al equipo rojo para liquidarla.

No podía procesar sus palabras.

«Matarla». ¿A Lúa? No, eso no podía estar pasando.

Mi abuelo me observó fijamente:

—Sabes lo que tienes que hacer. ¡Ahora, hazlo! No hay otra opción —ordenó.

—Abuelo, nunca he considerado llevarte la contraria, pero… no puedo hacer lo que me pides. Yo… la amo, Abuelo. Amo a Lúa.

Capítulo Ocho

Lúa

La noche se acercaba, y con ella el infernal frío de Rusia. Mis sentidos estaban alertas, de seguro algo pasaría. La fiel escopeta corta y la daga que podía sentir en mi bota estaban para cualquier situación. De repente, detrás de mí, se escuchó el rugir de una bestia. Mi adrenalina estaba en su punto más alto, y eso era lo que quería. Sí, vivía para eso: cazar o ser cazada. Sabía que era uno de ellos, salvajes, criaturas de la noche, todas son aberraciones que no deberían existir. Me levanté lentamente, y cuando me di la vuelta…

Un golpe de agua fría me trajo de vuelta a la realidad. Sentía que me ahogaba y no podía respirar. Cuando por fin pude tomar una bocanada de aire, me lo sacaron con un tremendo golpe en el costado. Grité de dolor y sentí que varias costillas se rompieron. Intenté ver quién era mi agresor, pero tenía un saco en la cabeza. Traté de quitarlo, pero estaba atada de manos y pies por cadenas que se clavaban en mi piel cada vez que me movía. El olor a pudrición era de lo peor, también podía oler a los *volkodlak* por todas partes.

Ya no estaba en la isla, de eso estaba segura.

—Déjala, sabes que el alfa la quiere viva —dijo un hombre de voz calmada.

—No hice nada, solo le estoy dando la bienvenida —dijo otro hombre de voz ronca, y rio.

«Sí, claro, la bienvenida», pensé.

No era tan estúpida como para hablar en esos momentos. Tenía que analizar la situación: había dos personas ahí, eso era bueno; lo malo era que no me podía mover.

«No debí bajar la guardia. ¡Es lo primero que te enseñan, Lúa! Y tú, por andar de enamoradiza... ¡Zak! ¿Qué le habrán hecho? No, no pienses en eso, tú lo escuchaste: Solo la Cazadora. Dmitri... ¿Cómo pudiste hacerme esto?».

Respiré hondo y volví a concentrarme en aquella situación. Ellos me querían viva, al menos, hasta que él tal alfa llegara. Ese sería mi mayor problema.

Me quitaron el saco con brusquedad y parpadeé hasta que mis ojos se adaptaron a la poca iluminación del lugar. Noté que estaba en un calabozo. Los miré con desprecio, y se podía percibir el odio que emanaba de mi cuerpo; eso me ganó una patada en el costado lastimado. Gemí de dolor, ya que, al parecer, tenía más de una costilla rota.

El hombre tosco, de piel oscura y barba, reía como si hubiera hecho algo de lo que debía estar orgulloso. El otro tipo era más serio y se podía ver en su mirada la desaprobación por la conducta de su compañero; tenía barba corta, piel canela y su cabello era marrón como la tierra. Me miró y preguntó:

—¿Qué estás viendo? Tus días de cazar a nuestra raza terminaron. Tu muerte ya está programada y será la celebración más grande que hayamos tenido en años.

Aparté la mirada.

—¡Ahora no me miras! —Rio para sí, y su compañero me echó otro cubo de agua fría, pero aun así no los miré.

—¡Perra! Ya verás lo que haremos...

—Ustedes son simples aberraciones, no debieron haber existido. No son dignos, ni importantes, para que les preste atención. —Hablé demasiado rápido, y el de piel oscura con barba me golpeó el rostro con una furia sinigual. Sentí cuando me rompió la nariz, y no pude abrir el ojo izquierdo.

Los lentes de contacto que llevaba se habían salido con el último cubo de agua, así que tenía que hacer algo para que no me vieran los ojos. Uno de ellos estaba cubierto por mi cabello y no podía abrir el otro. No era lo que tenía pensado, pero al menos funcionó.

El otro hombre lo separó de mí cuando vio que yo no ponía resistencia.

—¡La vas a matar y luego Allan te matará!

—¡Ya, ya! Me largo, no seguiré con esta basura —dijo el de la barba grande.

Salieron de la celda y la cerraron, dejándome sola y tirada en el suelo.

Pasaron varias horas y nadie venía. Podía escuchar la algarabía de mujeres, hombres y niños a las afueras por el pequeño espacio que parecía ser una ventana. Todos se escuchaban contentos al decir «¡Hemos capturado a la Cazadora! ¡Muerte a la Cazadora!».

«Pero ¿qué clase de cosas les enseñan a esos niños? Bueno, son bestias, ¿qué se puede esperar de ellos?», pensé.

Mi ojo izquierdo y mi costado me dolían mucho. Estaba muy lastimada y no poseía la habilidad de los *vurdalak* para sanarme rápido, así que solo me tocaba soportar. Me quedé dormida, o inconsciente, la verdad que no lo supe con certeza. Pero lo que sí sabía era que había pasado un día y el alfa del que hablaron no había llegado, para mi fortuna. Tenía sed, hambre y mucho dolor.

Cuando abrí los ojos, una mujer de estatura mediana y cabello negro abrió la celda; traía una bandeja cubierta.

—Hola, mi nombre es Pía. Me ordenaron que trajera algo para que te alimentes; el alfa no quiere que mueras. Aún.

—¿Qué está esperando? —pregunté, y me acomodé para tomar un poco del agua que me ofrecía.

—A los alfas de las otras manadas —dijo, sin ninguna expresión en el rostro.

—O sea, que seré un tipo de espectáculo. Vaya, de verdad que lo salvaje y lo morboso lo tienen en la sangre —dije, viendo la tensión en el rostro de la mujer.

Ella sostenía un envase con frutas y, en cuestión de segundos, lo hizo trizas. Cerró los ojos y respiró profundo. Pía se dio media vuelta y salió de la celda sin decir palabra.

Solo se escuchaba el caer de unas gotas y el tintineo de las cadenas que me ataban. Luego, me percaté de que no oculté la mirada con ella. Tuvo que haber visto mis ojos, eso sin duda.

Horas más tarde percibí un aroma exquisito: algo dulce, cálido, a sándalo… Una mezcla única y afrodisíaca que me llamaba, me incitaba a buscar su procedencia. Traté de acomodarme, pero el costado me dolía demasiado y la sangre seca que tenía pegada al rostro no me dejaba ver bien.

Alguien se acercaba, y con él ese exquisito olor. No podía acertar bien si era un *volkodlak*, pero a esas alturas no me importaba. Sabía que mi muerte estaba cerca y que no podría burlarla de nuevo.

Los pasos se detuvieron y comenzaron a acelerar hasta llegar a mi celda. Ese exquisito olor estaba ahí, y estaba desesperada por saber a quién le pertenecía. Necesitaba saberlo…

Mis pensamientos se congelaron al verlo entrar a la celda con una comitiva detrás. Esos ojos verdes jamás los olvidaría.

—El lobo gris… —susurré con asombro.

Capítulo Nueve

ALLAN

Luego de varios días, al fin estaba en casa, pero muy exhausto. Llegó la hora de eliminar de una vez por todas a esa maldita asesina. Todavía recordaba con viveza cómo sus dagas penetraron el cuerpo de mi hermano y acabaron con su vida.

Al día siguiente había un eclipse lunar, jamás lo habría planeado mejor. Era como si el universo hubiera confabulado para darnos esa victoria. Sería la mejor noche que tendríamos. Su sangre correría para vengar a todos los *volkodlaks* que ella y los de su clase asesinaron.

Llegué a los calabozos y bajé las escaleras; solo se escuchaban los pasos que daba y las cadenas de los que ahí residían. Me detuve al notar un aroma peculiar. Era… como cuando cae la primera nevada en las montañas y roza mi pelaje. Ese aroma a pino, nieve y frescura que te envuelve. Un aroma tranquilizador, pero a su vez sensual, venía del calabozo. Aceleré mis pasos y llegué a donde ese delicioso aroma me condujo. Abrí la celda y noté que era donde tenían a la Cazadora.

Me tomó por sorpresa verla en aquel estado; dejé bien claro que no quería que la tocaran hasta que llegara el momento de ejecutarla. Pero a Leif se le olvidó, de nuevo, quién mandaba.

Estaba tirada en el suelo, con la ropa sucia, rota y ensangrentada. Su cabello turquesa estaba alborotado, lleno de sangre y tierra. Cuando sintió mi presencia, alzó la mirada. Vi su rostro y pude notar el rastro de la paliza que le dieron. Sentí lástima y una ira que no podía explicar.

¡Ella era la asesina de mi hermano! ¿Por qué me sentía así? No, ella moriría al siguiente día y yo vengaría la vida de mi hermano.

—Ordené que no la tocaran —dije con autoridad.

Pude escuchar a los que estaban detrás de mí arrodillarse.

Ella, al escucharme, abrió los ojos y me miró fijamente. Cuando nuestras miradas se cruzaron, vi un pequeño reflejo del color de sus ojos antes de que bajara la cabeza: uno amarillo y el otro gris.

Solo fue un momento, pero fue suficiente para quedar perplejo. Sacudí la cabeza para centrar mis pensamientos.

—¡Vamos, no te enojes, solo fue una bienvenida! —dijo Leif, omega, y mi tercero al mando.

—¿Solo una bienvenida? ¡Mira cómo está! ¡¿Acaso está en condiciones para llevarla frente a los demás alfas?! —grité, agarrando a mi omega por el cuello y estrellándolo contra la pared del calabozo.

La ira en mi voz era evidente, estaba cansado de lo mismo. Leif creía que podía hacer lo que quisiera en mi manada, pero le demostraría las consecuencias de sus actos.

—Tranquilo, Allan. Déjalo, no vale la pena ponerse así por ella. Llamaré a una de las brujas para que la tenga lista para mañana —dijo Kristan, beta y mi segundo al mando, llegando a mi lado pero sin ponerme una mano encima para detenerme.

Respiré hondo y miré a Leif con seriedad:

—No vuelvas a desafiarme. Mis órdenes se cumplen. ¿Entiendes?

—Sí, Alfa —dijo Leif, sobándose el cuello y retirándose del calabozo junto con Kristan.

Miré a la Cazadora, que parecía disfrutar lo que estaba viendo. La agarré por las cadenas de las manos, la acerqué a mi rostro.

—No creas que lo hago por ti. Solo quiero que estés presentable para cuando tu tiempo llegue y pueda disfrutar tu muerte. Pasarás por mucho dolor, eso te lo prometo.

La solté y la dejé caer al suelo.

El exquisito aroma volvió a surgir. Miré a todas partes y me di cuenta de que provenía de ella; ¡ese era su aroma!

¡Maldita sea!

Mi ira regresó. Mi cuerpo se sentía extraño y algo en mí me atraía hacia ella. Me mordí los labios con fuerza y salí del calabozo antes de que hiciera algo de lo que me arrepentiría toda mi vida.

Capítulo Diez

Lúa

Mi mente estaba atrapada viendo a ese ejemplar de hombre… lobo, discutir con los demás. Estaba tan embelesada que no presté atención a lo que decían.

Por cómo actuaron los demás, sabía que el que acababa de llegar era el alfa, pero no me acordaba de nada más. Fue como si solo lo viera a él. Sus músculos se flexionaron cuando agarró a uno de sus ellos por el cuello; su voz tosca y varonil era como música para mis oídos. Sacudí la cabeza para despejar todo pensamiento inapropiado.

«¡Oh, por Lilith, necesito estar con alguien ya!».

De pronto ese hombre musculoso agarró las cadenas y me acercó hacia él. Me gritó a la cara, pero no me importó. Lo único que quería era que me acercara más a él, algo me atraía. No podía pensar bien, ni siquiera articular palabra.

¿Sería que me gustaba el sadomasoquismo?

Luego, en cuestión de segundos, me dejó caer y ahí volví a la realidad. Caí de lado y me lastimé aún más las costillas. Me había quedado sin aliento, tomé bocanadas de aire y me volteé para quedar mirando al techo. Ya todos se habían ido, cerrando la celda al salir.

—¡Aaah, mierda! Esto duele como el…

—¡Lenguaje, querida! —dijo alguien desde la entrada de la celda.

La miré asombrada y me acomodé rápidamente, sin importar el dolor.

¿Cómo entró? Podía jurar que la celda estaba cerrada. La mujer, de unos cincuenta años, vestía una túnica verde y traía el cabello amarrado en una coleta alta; se podía apreciar su color plateado por el pasar de los años. Su rostro tenía una mirada de nostalgia.

—¡Pero mira hasta donde has llegado! ¿Creías que el destino no te alcanzaría? Así no funcionan las cosas, querida —siguió hablando, mientras sacaba unos brebajes de su bolso.

—¿La conozco? —pregunté con hostilidad—. ¿De qué habla?

—No, pero yo a ti sí. Conocí muy bien a tu madre, y debo decirte que tienes la misma barbilla...

—Espere, espere, ¿la conoció? Mi madre era... ¿Cómo podría haberla...?

—No, mi niña, tu madre biolog... ¡Ah!, hablé de más. No es tiempo, lo siento. Toma, bebe esto y te sentirás mucho mejor. Adiós —dijo, desapareciendo tras un humo blanco.

—¡No, espere! ¡Vuelva! ¡Maldición! —grité, sin obtener respuesta.

«¿Conoció a mi madre? ¿Qué demonios...?».

Respiré hondo y tomé el brebaje. De inmediato mis costillas y mi ojo deformado comenzaron a mejorar. Al menos me sentía un poco mejor.

«Las brujas sí que saben de sanación», pensé.

Me acomodé como pude y me quedé dormida pensando en lo que esa bruja había dicho.

¿Mi madre?

Capítulo Once

ALLAN

—¡Maldita, maldita, maldita mujer! ¿Por qué tiene que ser ella y oler tan dulce? Es una maldita humana criada por un *vurdalak* —dije entre dientes; no podía contener mi ira.

Llegué a la entrada de mi casa y me despojé de toda la ropa. Me transformé en el lobo que rugía por salir y salté sin mirar atrás. Mi pelaje cenizo se hizo visible al sustituir la piel de mi cuerpo humano, mis sentidos se agudizaron y mi cuerpo obedecía el instinto de la bestia: correr sin parar.

Esa mujer… me había alterado. Necesitaba matarla lo antes posible, ¡vengar la muerte de Hans! Eso era lo que tenía que hacer, pero a la vez algo me atraía hacia ella…

Esos ojos, ese cuerpo…. ¡NO! No podía ir allí. Tenía que vaciar mi mente.

Por los alrededores pude identificar un aroma que detesto, pero que podría servirme para tranquilizarme: Layla. Suspiré y corrí hacia su cabaña. No me quedaba más remedio, tenía que liberar esa *tensión*, tranquilizarme, y en mi casa, con esa mujer y ese aroma, no iba a conseguirlo.

Llegué a la puerta de la cabaña de Layla y me transformé en humano sin importar quién estuviera cerca. El estar desnudo es algo natural para nosotros los lobos.

Llamé a la puerta y una mujer morena de cabello rojo abrió.

—Vaya, vaya, pero mira quién vino a verme, mi alfa favori...

No dejé que siguiera hablando, porque me iría. No soportaba su voz chillona.

La agarré de la cintura y la llevé dentro de la casa, cerrando la puerta detrás de mí. La besé con apuro y rudeza, no era a quien quería besar...

«¡Allan, ya basta!».

Ella gemía con tan solo tocarla y besarla. Más falsa no podía ser. Le quité la ropa y la lancé a la cama, me acomodé sobre ella y, cuando iba a dar mi estocada, la miré a la cara... y ahí estaba ella: la Cazadora. Mirándome con esos hermosos ojos de distinto color.

Salté de la cama, alarmado, sin poder creerlo y furioso. Sin importar todo lo que Layla gritaba, salí de la cabaña y me transformé de nuevo. Corrí hacia lo profundo del bosque.

No sé cuánto tiempo estuve corriendo, pero en algún momento me detuve a descansar y me desperté al sentir cerca a mi beta. Un lobo crema de ojos cafés se acercó jadeando.

«Alfa, necesitamos hablar».

Todos los lobos podemos hablar por telepatía, es como si fuera nuestra propia red de comunicación, pero más bien es nuestro enlace o conexión, por así llamarlo.

«¿Qué sucede?», pregunté.

«Los otros alfas se están impacientando. Quieren verla, quieren interrogarla».

«No permitas que nadie entre a su celda hasta que llegue la hora de ejecutarla. ¿Me has entendido?».

«Sí, Alfa. Pero... Allan, te veo mal. ¿Qué te está pasando?».

«No es nada...».

«¡Vamos, Allan! Soy tu mejor amigo, tu hermano...».

«Kris, no es nada. Estoy bien. Todo saldrá como lo planeamos. Ahora, ve y no dejes a Leif cerca de ella».

«De acuerdo, te veré luego».

Kristan se alejó. Tenía que calmar mi alma y a al lobo que aullaba en mi mente. Él sabía lo que yo quería ignorar, así que me forcé a dormir el resto del día.

Capítulo Doce

Lúa

Ruido y más ruido, y yo estaba entumecida. Mi mente vagaba, pero no coordinaba.

Y recordé que Dmitri me vendió a los *volkodlak*.

Las cadenas me pesaban, llevaba tres días ahí, y por la algarabía que venía de afuera, creí que había llegado el momento. Jamás pensé que caería de esa manera. No soy inmortal, pero hubiera preferido caer en batalla. Ser traicionada por un compañero, de verdad que era una mierda.

Me acomodé para poder levantarme y estirar el cuerpo un poco, dentro de lo que las cadenas me permitieran. Pasaban las horas y mi ansiedad crecía cada vez más. Me mantuve pensando, planeando. Sabía que pronto vendrían por mí, pero cometieron un error: me sanaron, y ahora estaba dispuesta a pelear hasta morir.

A las pocas horas se comenzó a escuchar movimiento. Pude distinguir a cuatro hombres con cadenas; pensé que eran para poder transportarme. Pararon frente a mi celda y abrieron la puerta. Uno de ellos era el tal Leif y los demás no los había visto, pero disfrutaría cuando le rompiera la nariz a este.

—Vamos, *princesita*, llegó la hora de tu presentación estelar —dijo Leif, abriéndole paso a los otros hombres para que me levantaran.

—¿Cómo está tu cuello? —pregunté con sarcasmo.

Como predije, se me acercó e intentó golpearme, pero uno de los otros hombres me había soltado una mano y los pies para ponerme las otras cadenas. Aproveché el momento y le lancé un puñetazo con toda la fuerza que tenía, haciendo que este cayera con la nariz rota y ensangrentada al suelo.

Quedó aturdido por unos segundos. Los demás hombres, cuando se dieron cuenta de lo sucedido, me sostuvieron. Pero con mi astucia y agilidad, a pesar de que tenía la otra mano encadenada, luché contra ellos. Los golpeaba uno tras otro, hasta que el alfa entró a la celda acompañado.

Cuando vio a su omega y a los otros en el suelo, me miró con furia y a la vez con admiración.

«Estoy confundida... ¿Me odia o me admira?».

Él se acercó y no supe por qué, pero mi cuerpo no quiso moverse, fue como si estuviera congelada en mi lugar.

«Maldita sea, ¿por qué no puedo moverme?».

Me agarró del cuello, me pegó contra la pared y se acercó peligrosamente.

—Llegó tu hora, no lo hagas más difícil para ti. —No se veía muy convencido de lo que decía, pero sus manos apretaron con más fuerza mi cuello, dejándome casi sin aire.

—Suél... ta... me... —Fue lo único que salió de mis labios antes de entrar en total oscuridad.

Capítulo Trece

Su aroma era cada vez más cautivador. Enloquecía a mi lobo y no podía permitir que alguien lo notara.

Me quedé frente al calabozo con Kristan cuando escuché el grito de Leif seguido de una carcajada y una conmoción. Kristan me miró y salimos corriendo para ver de qué se trataba el alboroto.

Al llegar vi a todos mis guardias —incluyendo a mi omega— en el suelo. La chica, con tan solo una mano desatada, pudo deshacerse de cuatro lobos adultos. No sabía si reír o matarla. Pero opté por agarrarla del cuello y dejarla sin aire para que no siguiera luchando.

Su aroma se hacía cada vez más fuerte, así que aflojé un poco el agarre y se la pasé a Kristan para que la terminara de encadenar y la llevara afuera. Ya nos estábamos demorando demasiado y los demás alfas se estaban impacientando.

No sé por qué, pero la urgencia de quitársela de las manos fue demasiada. Debía salir de ahí. Miré al suelo y pateé a Leif en las costillas para que se levantara.

—¡Aaaah! —gritó, y se levantó de inmediato.

—Es increíble que la Cazadora, con una mano atada, pudiera con todos ustedes. ¡Cuatro de mis mejores guardianes! ¡Increíble!

—Alfa, yo...

—¡Leif! Ve y termina de preparar todo. ¡Ahora!

—Sí, Alfa —contestaron los cuatros, que ya estaban de pie, y salieron de la celda junto con Kristan y la Cazadora.

—¡Maldita sea! ¿Qué demonios me pasa? —dije, una vez estuve solo.

Entré a mi habitación y seguí pensando en ella. Algo no estaba bien, lo podía sentir, pero no sabía qué era. Desde el momento en que vi los ojos de la Cazadora sentí... algo, pero no podía ser posible.

No era posible. ¡No!

Le había llegado su hora y por fin le daría paso a una nueva era con la muerte de esa maldita. Me tocaba alistarme, porque esa noche sería especial, y una ocasión así requeriría un atuendo a su nivel.

Me miré al espejo y vi al alfa que todos querían que fuera. Mis ojos verdes reflejaban la duda, y eso no podía ser. Siempre he tenido una mirada decidida, pero en ese entonces no...

Solo llevaba un pantalón negro y las botas de combate. Mi cabello marrón oscuro, aunque lo cepille, va hacia donde desea.

Dudé de lo que tenía que hacer y ni siquiera sabía por qué.

«Diosa, por favor, guía mis decisiones esta noche. Necesito tu sabiduría y seguir el camino que has trazado para mí», recé, antes de salir de mi habitación y enfrentar una de las noches más importantes de nuestra existencia.

El viento soplaba fuerte, dando aviso de la llegada del invierno. Ese año sería muy frío y todo estaría cubierto de nieve antes de lo imaginado. En la pequeña tarima que los guardias hicieron, se encontraba la Cazadora, atada de manos y pies. Aún estaba inconsciente, por eso su cabeza gacha. Su cabello turquesa brillaba con el reflejo de la luz de la luna. La algarabía de la manada se escuchaba por todos lados: celebraban su muerte.

Mientras caminaba hacia la tarima, se me unió mi beta y mi omega a cada lado. En otra pequeña tarima estaban sentados los alfas de las manadas más cercanas y las que fueron afectadas por ella. Todos me miraban a la espera de que hiciera lo que debía hacer: acabar con la vida de la Cazadora.

Pero… no estaba muy seguro de poder hacerlo.

Capítulo catorce

Lúa

Mi cabeza daba vueltas, no podía respirar y me dolía el cuello.

«Suéltame», quería gritar, pero nada salía de mi boca. Absoluta oscuridad, eso era lo único que veía y sentía.

¿Sentía?

Abrí los ojos y vi mis pies; estaba parada. ¿Quién me sostenía? Levanté la cabeza, alarmada, al escuchar los gritos y el alboroto a mi alrededor. Estaba en una tarima. Sería el espectáculo de esa noche. Miré hacia arriba y pude ver la luna en su fase llena; se veía hermosa. Y ese día habría un eclipse.

En otra tarima como en la que estaba, había *volkodlaks*, muy bien vestidos, por cierto. Pensé que se trataba de los alfas de las otras manadas. Seguí observando y analizando mi situación hasta que me fijé en el hombre alto, fornido, de cabello marrón oscuro y ojos verdes que subía la tarima y caminaba hacia mí. Solo llevaba un pantalón y botas; su torso estaba al descubierto. Su aroma llegó a mí y lo reconocí de inmediato; era el Alfa.

«Al menos voy a ver algo bueno antes de morir», pensé.

No entendía por qué me sentía tranquila. ¡Debí estar enojada, con ira, hasta con miedo! Eso nunca me había pasado. ¿Sería porque estaba cansada de vivir con tanto odio?

Sus ojos no se apartaban de mí y yo tampoco quería dejar de mirarlo. ¡Mierda!

—Linda noche, Cazadora. Hoy nada te salvará de tu destino —dijo Leif, antes de que Kristan lo empujara para que se bajara de la tarima, dejando solo al alfa frente a mí.

Se volteó hacia la muchedumbre, dándome la espalda, y podía ver en toda su gloria la parte trasera de ese semejante ejemplar…

«¡Lúa! ¡¿Estás a punto de morir y es en lo único que puedes pensar?!».

Suspiré y miré hacia el cielo una última vez. A mi mente vino la imagen de Zak. Esos hermosos ojos color mar que me atrapaban con tan solo una mirada, esa sonrisa que me infundía alegría, esas caricias que encendían cada parte de mí…

«Zak, espero que estés bien».

—¡Hoy honramos a nuestros caídos a manos de la Cazadora! —dijo el alfa, y todos lo escuchaban en silencio—. Esta noche la diosa nos regala un eclipse lunar, y con este, una nueva era donde nuestros niños podrán crecer sin miedo a ser cazados por los *vurdalak*. ¡Mantendremos la tregua mientras ellos no crucen nuestras fronteras! De repente, comenzaron a gritar. La mayoría se transformaba en lobos, y los aullidos se escuchaban por todas partes.

El alfa se dio la vuelta y, me miró fijamente:

—Llegó tu hora. Solo la diosa podrá perdonar tus pecados, porque nosotros no.

Se quitó las botas y el pantalón. Su transformación fue rápida, pero al estar tan cerca de mí pude escuchar los crujidos de sus huesos formando a la bestia de pelaje cenizo y ojos verdes. Era enorme, casi de mi tamaño.

No podía demostrar miedo o arrepentimiento. Los que alguna vez maté fue para vengar a mi familia.

Miré la luna, que estaba siendo consumida por la oscuridad. Mi cuerpo comenzó a sentirse extraño. No tenía miedo de morir. Sentía al lobo acercarse a mí, pero no podía despegar la mirada de la luna.

Todo sucedió como si lo viera en cámara lenta: el lobo casi en mi cuello para arrancármelo, el eclipse, y en un halo de luz lunar, veía cómo bajaba la silueta de un lobo.

No sabía si lo estaba imaginando, pero la silueta de lobo corría hacia mí como si el viento lo arrastrara.

Sentí los colmillos de Allan enterrarse en mi cuello, apretando para dejarme sin vida. En ese mismo instante la silueta del lobo entró en mi cuerpo, haciendo que el lobo gris que tenía los colmillos clavados en mi piel saliera expulsado por la energía que mi cuerpo emanaba.

Sentí que me congelé y que a la vez ardía en llamas. Fue como si estuviera entre la luna y el sol. El lobo que entró en mi cuerpo no hizo que me sintiera mal; al contrario, me sentí completa.

Sin saberlo, era lo que siempre había buscado.

Capítulo Quince

ALLAN

¡Tenía que ser una maldita broma! La diosa no me podía hacer eso. Debía de haber una explicación… un truco, algo.

El cuerpo de esa mujer yacía en mi cama, después de haber destrozado casi toda la cabaña. Vi su respiración calmada, sus ojos cerrados, su boca levemente abierta. Su cabello estaba alborotado, no llevaba nada puesto y lo único que la tapaba era una sábana que se salvó luego de que destrozara la habitación. Su aroma se había intensificado gracias a que ahora era un *volkodlak*. Tenía a mi lobo descontrolado, pero no podía salir de ahí hasta que despertara.

Los demás alfas estaban inquietos y furiosos. No los culpo, yo estaría igual si estuviera su posición. Exigían su muerte, querían respuestas que no tenía. Lo único que sabía era que ella era mi compañera de vida. Irónico. ¡¿Mi pareja… la Cazadora de *volkodlak*?!

Me agarré la cabeza y respiré hondo. A mi mente regresaron las imágenes de la noche anterior. Se sentía la brisa fría que daba inicio al invierno. Mi respiración estaba agitada, mi mente y corazón batallaban a la misma vez. Sin perder el tiempo, me transformé en lobo y en contra de sus deseos le mordí el cuello para arrancarlo y darle muerte a la Cazadora. Pero una vez que mis colmillos entraron en su fina piel, algo pasó. Mientras sucedía el eclipse, un rayo de luz proveniente de la luna nos iluminó. En ese instante sentí su sangre correr por mi garganta y la conexión: una que duraría toda la vida. Ella era mi pareja, mi otra mitad, impuesta por la misma diosa.

No entendía cómo una humana pudo conseguir ser una *volkodlak*. Sus ojos se iluminaron igual que su cuerpo. Fui expulsado por una poderosa energía. No supe lo que pasaba, pero a mi mente llegaron imágenes de una profecía casi olvidada.

Una guerra. *Volkodlaks* y *vurdalaks* por todas partes, y en el centro de todo el caos, un lobo blanco aullando a la luna. Cuando ese ser majestuoso bajó el hocico y me miró fijamente, vi sus ojos iluminarse como la noche y el día.

Desperté de la visión cuando escuché los gritos entre la multitud de las manadas; unos pedían que la matara y otros mencionaban la profecía. ¿Habrían visto lo mismo que yo? No, no era posible.

Entonces escuché el crujir de sus huesos al romperse y armarse, tratando de transformarse en una bestia de la noche.

Antes de que el eclipse terminara, volví a mi forma humana. Corrí hacia ella y la saqué de allí. La llevé a una cabaña a las afueras del territorio pero dentro de la barrera. No podía permitir que la vieran convertirse, no en ese momento. Al llegar, la coloqué en el suelo. Sus huesos todavía estaban en transición; se rompían y se reorganizaban.

«¡Maldición, esto no puede estar pasando!».

Luego de unos largos minutos, una hermosa y enorme loba de pelaje blanco me observaba con fijeza. El color de sus ojos era cautivador; uno amarillo y el otro gris. Comenzó a gruñir, a mirar hacia todos lados, a aullar. Su aullido era tan potente que me desorientó por un instante. La loba blanca se agachó y se lanzó sobre mí.

Para evitar que huyera, me transformé y la evadí a tiempo. Le ordené que se calmara, pero incluso con mi autoridad de alfa, no hizo caso. Ella actuaba como una loba salvaje, sin ninguna conciencia humana. No cabía duda de que era una alfa, pues el poder que emanaba de su cuerpo era asfixiante.

Luché contra ella con todas mis fuerzas. Su fuerza era algo inusual, una guerrera por naturaleza. Me sentí orgulloso y enojado a la vez, ya no sabía qué pensar. Logré hacer que me siguiera a una habitación. Una vez dentro, salté por encima de ella, haciendo que chocara con la pared. Rápido volví a mi forma humana y la pude encerrar por unos minutos antes de que rompiera la puerta. Busqué en el botiquín del baño un tranquilizante que por lo usual usábamos para aquellos que perdían el control de sus lobos.

La loba rasguñaba y rompía la pared y ya tenía medio cuerpo afuera. Me apuré con el tranquilizante y se lo lancé. Le atiné al cuello y tardó unos segundos en surgir el efecto. La loba se retiró de la pared, tambaleándose, hasta que cayó al suelo en un profundo sueño, y se transformó de nuevo en la Cazadora.

—¿Qué demonios acaba de pasar?

Capítulo Dieciséis

Lúa

Sentía todo el cuerpo adolorido. Estaba mareada y desorientada, pero algo olía bien. Las sábanas tenían un olor exquisito, mío… Era… era… ¡el lobo! Abrí los ojos, alarmada, me levanté de la cama y agarré la sábana al notar que estaba completamente desnuda. Miré a todos lados y noté que todo a mi alrededor estaba destrozado.

Mis sentidos se estaban agudizando, algo que me desconcertó. ¿Dónde estaba? De repente lo vi, al alfa. Estaba sentado en una silla, muy callado y observando. Busqué a mi alrededor algo para defenderme y agarré un pedazo de madera que estaba en el suelo.

—¡No te acerques, o…!

—¿O qué?, ¿qué harás? ¿Me matarás con el palo? —dijo; se levantó y caminó hacia mí, examinándome de arriba abajo, como todo un depredador.

Mi cuerpo respondía extraño: en vez de estar alerta y querer atacar, me estaba excitando, como si lo deseara cerca de mí.

—¡¿Qué me has hecho?! ¡Aléjate, no te acerques más! —grité.

Retrocedí confundida con mis propios sentimientos.

—¿Yo? Absolutamente nada. ¿Pero sientes eso? —preguntó, y se acercó aún más.

—¿Qué? —pregunté, casi sin aliento.

—El deseo que sientes, el hormigueo que tienes en tus partes, deseando que te toque y esté cerca…

—¡Estás loco! Jamás sentiría deseo por un asqueroso *volko*...

No me dejó terminar y me acorraló entre la pared y él.

—¡Ni una palabra más! Tú eres mía y uno de nosotros. No sé cómo demonios, pero te juro que lo voy a averiguar; y cuando lo haga, romperé el lazo que nos une, te mataré y de una vez por todas vengaré la muerte de mi hermano.

Dio un puñetazo en la pared y se retiró por la puerta, poniéndole el cerrojo.

No podía moverme, tampoco entendía a qué rayos se refería con eso de ser suya. No había tenido tanto temor desde que entrené con los *vurdalak*, pues le perdí el miedo a la mayoría de las cosas. Los lobos nunca me habían asustado, pero por alguna razón él me aterraba.

¿Cómo era posible que yo fuera uno de ellos? Algo tuvo que haberme hecho, pero ¿cómo es que no estaba muerta? Recordaba cuando me mordió. Sentí sus colmillos en mi piel. Sacudí la cabeza para liberar el deseo de mi cuerpo.

Busqué el baño y me miré en el espejo. Vi mi cuello donde me había mordido; tenía una marca con forma de luna creciente, pero podía notar que estaba incompleta.

«¿Y cuándo demonios pasó esto?».

Toqué mi cabello, que estaba revuelto, más brillante; mis ojos estaban llenos de vida, y mi piel no estaba tan pálida como antes. Pero ¿cómo era posible? ¿Qué rayos me había pasado?

Mi inspección fue interrumpida cuando alguien abrió la puerta. Me asomé y no había nadie, solo ropa sobre la cama. La agarré y volví a encerrarme en el baño. Volví a mirarme en el espejo, coloqué las manos sobre el lavamanos y suspiré hondo.

—Okey, Lúa, tienes que analizar la situación. Estás en su territorio, algo te pasó, aún no estás muerta y, por lo que veo, no creo que te vayan a matar todavía, así que tienes que ver cómo vas a escapar de aquí. —Me miré una vez más en el espejo—. Pero así de asquerosa no se puede.

Me metí a la ducha abriendo la llave del agua y dejé que corriera por todo mi cuerpo, limpiando y quitándome de encima el asqueroso olor a *volkodlak*.

Capítulo Diecisiete

Hubiera querido apretar ese cuello hasta que dejara de respirar. ¿Cómo era posible? ¿Ella, mi pareja? No, no, no. Tenía que deshacerme de ella antes de que alguien se diera cuenta de quién era realmente…

—Allan. Allan. ¡Allan! —gritaron a mi lado, sacándome del monólogo que llevaba en mi cabeza.

—¿Qué quieres, Kristan? —pregunté molesto, y seguí el camino a la casa principal.

—Te estaba preguntando qué demonios está pasando. Vi lo que pasó allá, y no quiero creer lo que de seguro sé que pasó. Así que dime que estoy mal y sigamos con la ejecución. Los alfas de las otras manadas están esperando por ti en el Salón de Conferencias. Y quieren respuestas.

Me pasé las manos por el cabello, casi rasguñándome.

«Quieren respuestas».

¿Qué demonios les iba a decir? ¿Que la cazadora era mi compañera de vida y de paso también era la loba de la profecía?

—Allan, ¿qué les dirás? —preguntó mi beta.

—¡Aaaaaaah! ¡Maldición, no sé lo que voy a hacer! Esto me está enloqueciendo —grité al sentirme inútil y cansado.

¡Era verdad, no sabía lo que les iba a decir! Tenía que hacer algo.

—Allan, hermano, estoy aquí para ayudarte. Sé que lo que pasó ayer no muchos lo vieron, pero los que sí, están hablando de la profecía. Solo quiero saber si lo que vi es cierto. ¿Es ella la loba blanca de la profecía?

—Sí —contesté, agotado de tanto pensar. Él era la única persona en quien podía confiar—. También es mi pareja.

—¿Qué?... ¡¿Qué?! —exclamó Kristan; se detuvo y me miró con fijeza.

Llegué a la puerta del Salón de Conferencias, donde se escuchaban las discusiones de todos los alfas. Inhalé hondo y miré a mi beta, que estaba a mi lado, con los ojos perdidos por lo que le acababa de decir. Sacudió la cabeza y me miró, asintiendo.

Dejé salir el aire y levanté la cabeza. Entré al salón con toda la calma y fuerza de un alfa. Todos callaron, pero al verme me bombardearon de preguntas:

—¿Dónde está?...

—¿Por qué te la llevaste?...

—¿Por qué aún sigue con vida?...

—¿Dónde la tienes? ¡Tráiganla enseguida!...

—¡¡BASTA!! —rugí, y todos callaron. Suspiré y comencé a hablar—: La Cazadora está en una cabaña custodiada por guerreros. Algo pasó anoche y no estoy seguro de que podamos ejecutarla de inmediato.

—Entonces, ¿es cierto? ¿Ella es la loba de la profecía? —preguntó el alfa de la manada de Laffin.

—Aún no puedo contestarte eso, pero necesito una votación —dije, y los miré.

—¿Para qué quieres que votemos? —preguntó el alfa de Peary.

—Pospongamos su ejecución hasta la próxima luna llena. Necesito tiempo para averiguar si es o no la loba de la profecía.

—Pero ¿cómo podría ser posible? La diosa no nos haría algo así, ella ha matado a muchos de nosotros, incluso a tu hermano. ¿Estás seguro de dejarla viva? —dijo el alfa de Grunnbjörn.

—Yo vi que trataba de transformarse, y no fui el único, así que secundo la propuesta de Allan. Solo la diosa sabrá su propósito y su destino —dijo el alfa de

Watkins, mirando a su lado al alfa de Semesooq, que asintía con la cabeza.

—No deberíamos arriesgarnos a que ella se escape y ser presa de su veneno una vez más. ¡Voto para que la matemos ahora! —exclamó el alfa de Inlandsis.

—Te secundo —dijo el alfa de Gunnbjörn.

—Alfa de Laffin, tu voto, por favor —dijo el alfa de Watkins.

—Voto por su muerte —contestó el alfa de Laffin.

—La votación está pareja. Solo queda el alfa de Peary. ¿Cuál es tu decisión? —preguntó el alfa de Watkins.

Los segundos pasaron como si fueran una eternidad. Mi mente estaba en el limbo. No sabía qué pensar. Si votaban por matarla, tendría que hacerlo, aunque perdiera mi alma y jamás volviera a tener una pareja. Ella mató a mi hermano, era lo que merecía. La maldita conexión me estaba consumiendo, porque sentía cómo mi alma se desgarraba y se partía en dos con los sentimientos de amor y odio que le tenía. Mis pensamientos fueron interrumpidos por la contestación del alfa de Peary:

—Démosle hasta la próxima luna llena. No seré culpable si de verdad ella es la loba de la profecía —contestó, haciendo que mi pecho se relajara.

—Allan, es tu deber como líder de los alfas velar por ella y evitar que escape. Le pediremos al consejo que envíe a la Sacerdotisa Mayor para que te ayude. Sabemos que ella fue parte del grupo de oráculos que predijeron la profecía. Así que te deseamos mucha suerte, y por favor, avísanos si necesitas ayuda. Todos estamos juntos en esto —dijo el alfa de Watkins y se retiró.

Los demás alfas se despidieron entre murmullos y regresaron a sus tierras con sus guerreros. Kristan, Leif y yo nos dirigimos a la cabaña donde tenía a la Cazadora.

—Leif, necesito que fortifiquen el perímetro. Aunque haya una tregua con los *vurdalak,* presiento que no la van a honrar —dije con voz de alfa, para que no refutara.

—Sí, Alfa —contestó, y se retiró.

Llegamos a la cabaña y enseguida me alcanzó su aroma, aquella fragancia tan calmante y... Sacudí la cabeza para despejar los pensamientos. Mi lobo quería estar con ella, sabía que era su pareja, pero yo no lo podía aceptar. Necesitaba dejarlo salir, aunque fuera unas horas, si no, él tomaría el control cuando estuviera cerca de ella, y sería demasiado tarde.

—Kristan, te dejo al mando; necesito un tiempo para analizar la situación. No dejen que escape, ¿entendido? —ordené a los guerreros.

—Sí, alfa —contestaron a la vez.

—Allan, ¿seguro de que estás bien?

—Sí, solo necesito pensar qué voy a hacer con ella. Vuelvo en un rato, hermano.

—De acuerdo —contestó Kristan.

Me quité la ropa y la dejé cerca de la cabaña. Me transformé y corrí hacia el interior del bosque.

Capítulo Dieciocho

Lúa

Los escuché hablar afuera y logré descifrar que aún no iban a matarme. ¿Pero por qué? ¿Qué era lo que estaban esperando? Algo no cuadraba, y tenía que salir de ahí.

Miré a todas partes y me di cuenta de que la cabaña estaba destrozada. Era como si hubieran soltado a un oso y este hubiera buscado la forma de escapar.

Junto a la ventana había una pared bastante maltratada, de seguro podría derribar un pedazo o por lo menos abrir un hueco. Tenía que aprovechar que mi cuerpo se sentía enérgico, aunque debía investigar qué me hizo ese estúpido *volkodlak*.

Empecé a mover muebles y a empujar la pared. Los guardias estaban en la entrada, así que no había otra manera de entrar. Halé una de las maderas y esta se rompió, dejando un pequeño hueco que daba hacia el exterior. Era ágil, delgada y escurridiza, así que podía hacerlo.

Me introduje por el hueco, rasgando la camiseta que llevaba puesta. No me importó, y seguí hasta que logré salir.

¡Tontos *volkodlak*! Creían que podrían conmigo. ¡Ja!

Me escabullí por la parte de atrás sin que me vieran. Cuando estaba a una distancia segura, corrí. Me di cuenta de que mientras lo hacía no me agitaba como antes; me sentía más fuerte y rápida. No entendía có...

A mi mente llegó un recuerdo fugaz de la noche anterior.

Un lobo blanco bajaba de la luna y se acercó a mí. Tuve una sensación de libertad, una conexión. Sacudí la cabeza y dije en voz baja:

—Tuvo que haber sido un sueño. ¡Vamos, Lúa, concéntrate en escapar!

Seguí corriendo sin rumbo. Ya había avanzado bastante, pero de repente, me topé con aquel embriagador aroma; ese que me hacía desear ser acariciada. No me di cuenta, pero me había desviado y caminaba hacia el olor.

A la distancia vi un enorme lobo con pelaje cenizo; estaba acostado frente al lago. Me detuve y desperté de mi embeleso. Algo dentro de mí me obligaba a llegar hacia él. ¡Era una fuerza desconocida! Jamás había sentido algo así, y menos por un maldito *volkodlak*. El lobo alzó el hocico y olfateó el aire. Se levantó de golpe y se volteó rápidamente.

—¡Mierda! —Fue lo único que dije antes de volver a correr.

El lobo gris corrió detrás de mí con una rapidez sobrenatural. Era rápida, pero él me sobrepasaba, aunque andaba descalza. Todo lo que pisaba me lastimaba, incluso sentí que los pies me sangraban, pero no iba a parar. Una rama me cortó el brazo e hizo que sangrara demasiado. Al tratar de cubrir la herida, me tropecé con un pedazo de raíz y caí por una pequeña pendiente llena de piedras, raíces y árboles.

Quedé llena de cortaduras, sangraba por todos lados, pero aun así me levanté y seguí corriendo.

—¡Detente ya! ¿Acaso no ves que estás herida? No tienes adónde ir; el perímetro está resguardado por mis guerreros y no podrás luchar en ese estado.

La voz de Allan retumbó en mis oídos, y al mirar hacia atrás, había un hombre alto, de cabello negro, corpulento y desnudo. Volví la mirada hacia al frente, pero con su supervelocidad ya me tenía entre sus brazos. Traté de zafarme, pero su agarre era fuerte, y en mi estado ya no podía hacer nada.

—¿Creíste que podrías escapar? Tú y yo compartimos una conexión, y siempre sabré dónde te encuentras —dijo; agarró mi mentón e hizo que lo mirara a los ojos.

Mi odio por ellos era grande, pero algo en mí no dejaba que lo demostrara. Me mantuve seria y serena, hasta que vi cómo las pequeñas heridas de mi piel se curaban solas.

—¡¿Qué fue lo que me hiciste?! ¡¿Qué...?! ¡¿Qué es esto?! —Me miré los brazos y los toqué, incrédula.

¿Cómo era posible? ¿Piel nueva? Sanaba como los *vurdalak*, o más bien, como *ellos*.

—Te dije que eres uno de nosotros. Una loba, una criatura de la luna, una *volkodlak*.

—NO. ¡Maldito! ¡¿Qué me has hecho?! —Logré darle unos cuantos golpes. Aunque él me agarró con fuerza, seguí peleando—. ¡Eres un desgraciado! Prefiero morir antes de ser una asquerosa bestia como tú. ¡Mátame! ¡Mátame! ¡¡Máta...!

Sentí una picadura en el cuello y caí al suelo. Sentía las manos de Allan agarrándome fuertemente. No podía escuchar nada, ni ver.

Todo se oscureció.

Capítulo Diecinueve

Mis guerreros bajaron por la pendiente y uno de ellos le tuvo que haber disparado el tranquilizante. ¡Quise ahorcarlo! Pero fue lo mejor.

La desesperación en su mirada al entender al fin que se había convertido en uno de nosotros fue evidente. Su odio a nuestra raza tenía que venir de algo o de alguien, porque no creía que la diosa la hubiera convertido por equivocación.

Sentí ligera su respiración y sus latidos más calmados, pero una vez que despertara, volvería a intentar escapar. No quería tenerla en los calabozos y no podía dejarla sola en una cabaña. ¿Qué podía hacer? Su rostro dormido era hermoso, y aunque sus ojos me dejaban sin aliento, preferiría verla calmada.

Sus heridas se habían curado por completo, excepto la del brazo. Vi que era profunda, por lo que tuve que traer al médico para que la examinara. Los guardianes ofrecieron llevarla y les gruñí. No quería que nadie la tocara, solo el médico. La cargué y la llevé a la casa principal. La dejé en mi habitación a sabiendas de que no despertaría hasta la mañana siguiente. Me retiré a mi despacho, y llamé a mi beta y a los guardianes que estaban custodiando la cabaña.

—¿Qué demonios pasó? —pregunté, al dejarlos entrar.

—Lo siento, alfa; ella escapó por un hueco que hizo en la pared de la cocina —dijo uno de los guardianes.

—Al parecer la pared estaba un poco rota —dijo Kristan.

—Esa mujer me volverá loco y me dejará calvo antes de tiempo —dije, y me pasé las manos por el cabello.

—Allan, ¿estás seguro de dejarla en tu habitación? —preguntó Kristan.

—Pueden retirarse. Vayan al lado norte y díganle a Leif que necesito dos guerreras para mañana.

—Sí, alfa —respondieron, y se retiraron del despacho.

Kristan me trajo un trago y luego se sentó delante de mi escritorio.

—Es una joyita, tu pareja...

—No empieces, Kris, que no sé qué haré con ella. El lazo está comenzando a fortalecerse y no he querido aceptarlo.

—¿Y si la rechazas?

—¡¿Acaso estás loco?! Sabes lo que eso implica: el dolor físico y emocional la destruirá en el peor modo posible, y a mí igual. Además de que me dejaría con un vacío que nadie nunca podría llenar. Jamás tendré a mi pareja destinada por la diosa, seré un lobo sin rumbo y me volveré solitario. No podría liderar la manada en ese estado.

—Demonios, Allan, lo siento, hermano; solo trato de ayudar. Sé que la diosa tendrá un propósito, porque no creo que te hubiera emparejado con la asesina de tu hermano por nada.

—Hoy quieres morir, ¿verdad? ¡Estás probando mi paciencia!

—Allan, hermano, solo escúchame: ¿crees que la diosa se equivocó? —preguntó Kristan, y tomó su último trago antes de salir por la puerta, dejándome solo y pensativo.

Dejé caer la cabeza hacía atrás y suspiré hondo. Luego, terminé mi bebida y me recosté en la silla. Me volteé y miré hacia la ventana que mostraba el paisaje del bosque, buscando dentro de mí una respuesta.

—Ese es el problema, que no creo que se haya equivocado. Sabía que llegaría pronto, porque la diosa me lo había mostrado antes. Lo que no me esperaba era que fuera la Cazadora.

Habían pasado tres días y ella aún no despertaba. Esa espera me estaba volviendo loco, sin contar que mi lobo estaba a punto de descontrolarse por la impotencia que sentía.

—¡¿Dónde está el médico?! ¡¿Por qué no ha llegado?! —rugí.

—Tranquilo, Allan, ya viene de camino. No entiendo por qué sigue dormida, solo fue un sedante —dijo Kristan, que había estado a mi lado durante esos agobiantes días.

El día en que la Cazadora trató de escapar, mis guerreros le dispararon con un sedante, y sabíamos que dormiría al menos veinticuatro horas. Pero luego de ese plazo, se volvieron cuarenta y ocho, después, setenta y dos. Ya no podía esperar más.

—Kristan, llama a una de las brujas. Pagaré lo que sea si pueden despertarla.

—¿Estás seguro?... —Lo miré con seriedad, y estaba seguro de que los ojos de mi lobo se veían reflejados en los míos, ya que se retiró de la habitación—. ¡Sí, Alfa!

Volví a mirar a la Cazadora, quien estaba profundamente dormida; su rostro demostraba estrés y dolor. En cuestión de minutos, comenzaron a salir heridas en todo su cuerpo y su respiración se agitaba.

—¡Maldición! ¿Qué rayos te está pasando? —dije, y toqué su mano. Una corriente recorrió mis dedos y me hizo sentir el lazo que nos unía. Me alejé de inmediato. Caminé hacia la puerta al escuchar a Kristan regresar—. ¿Llamaste a las brujas?

—Sí. Laura viene de camino y el doctor está aquí.

—Gracias, déjalo entrar.

—Buenas tardes, Alfa. ¿Qué ha pasado con ella? —preguntó el doctor, colocando su maleta en el suelo, al lado de la cama.

—No lo sé, le dispararon un tranquilizante y no ha despertado desde entonces. Su respiración se ha vuelto agitada y le salieron varías cortaduras en la piel. Doctor, hay algo que debe saber… Ella es…

—Lo sé, alfa. La noche de su ejecución fui testigo de su transformación. ¿Pero está usted seguro de que ella es el lobo blanco de la profecía y no un engaño para zafarse de la muerte?

—Estoy seguro de que lo es. Cuando la mordí, y su sangre corrió por mi garganta, pude presenciar lo que parecía ser la profecía. —Me quedé en silencio por unos segundos y luego continué—: No debe decirle a nadie.

—Sí, Alfa, comprendo. Volviendo a ella, realmente no sé lo que le está ocurriendo. Puedo tratar las heridas, hacer estudios, pero la realidad es que no estoy seguro de qué más puedo hacer. Debería llamar a…

Un humo blanco se esparció en la habitación, y en cuestión de segundos, una dama de cabello plateado se hizo presente.

—Realmente te estás volviendo un dolor de cabeza. ¿Qué hicieron ahora? —dijo la mujer, después de tirar su maletín encima de la cama, como si la chica de cabello turquesa no se encontrase allí, haciendo que mi cuerpo entero temblara por la ira.

—¿Disculpa? ¿Se puede saber quién demonios eres? Y esa no son maneras de entrar a una habitación, y mucho menos a la de un alfa —dije, conteniendo a mi lobo, que estaba a punto de tomar el control.

—Sí, sí, sí, disculpa —dijo la bruja, y buscó algo en su maletín.

Kristan llevó al doctor fuera de la habitación para dejar que la bruja trabajara. Todos conocían a las brujas, y pueden ser un poco molestas y autoritarias cuando alguien está en medio de su trabajo. Traté de calmarme, pero el tarareo de esa bruja desde que llegó me estaba volviendo loco.

—¡¿Podrías…?! —suspiré, y bajé el tono de voz cuando se volteó y alzó una ceja— Por favor, ¿podrías bajarle al tarareo? Mi cabeza me está matando —dije, y me toqué las sienes.

Me senté sobre la cama.

—Claro, lo siento. Veo que el lazo se ha formado, pero ninguno de los dos lo ha aceptado.

—¿Cóm...?

—Soy Laura, del convento de Giona...

—¡¿Giona?! ¿Por qué una bruja de Giona está aquí atendiendo un llamado de sanación? —pregunté con sumo asombro y curiosidad.

El aquelarre de Giona no ayudaba a nadie. ¡A nadie! Eran brujas neutro, no se involucraban con nada que tuviera que ver con el mundo y sus habitantes; solo servían a los dioses. Mi madre una vez pidió su ayuda y nunca contestaron. ¿Por qué, entonces? ¿Por qué ella?

Laura miraba fijamente a la Cazadora mientras le curaba las heridas. Sin apartar la mirada de ella, me dijo en voz baja:

—Lúa está luchando...

—¿Quién? —pregunté al no entenderla.

—Lúa, ella, a quien conoces como la *Cazadora*, está luchando en su interior contra su otra mitad. Ella no acepta lo que es ahora, y si llega a rechazar ese hecho, morirá. Y no hay magia que traiga de vuelta a los muertos, al menos no como los conocemos.

—¿Por eso las cortaduras? ¿Es ella luchando... con su loba?

—Sí —dijo.

Levantó la mano y la puso en la frente de Lúa, haciendo que apareciera una luz blanca.

Capítulo Veinte

Lúa

Algo húmedo y baboso caía sobre mi rostro. Abrí los ojos de golpe y me encontré cara a cara con una gigantesca boca llena de colmillos que pertenecía a un gran lobo blanco. Mi primer instinto fue correr y buscar mis armas, pero sabía que si corría de un animal salvaje este me atacaría. Así que me quedé en silencio y muy quieta. Si me alteraba, me lastimaría, y a esa distancia me mataría. Debía alejarme.

Lo extraño era que no olía a *volkodlak*. Su aroma era muy parecido... al mío.

El lobo retrocedió. Al notar sus ojos, me sorprendí. Eran iguales a los míos: uno amarillo y el otro gris. No podía ser posible. Cuando intenté levantarme del suelo, me gruñó. Volví a quedarme quieta y levanté las manos a modo de rendición. Me quedé sentada, mirándola fijamente. Era extraño ver mis ojos en esa bestia, pero no me sentía en peligro. ¿Sería porque no era *volkodlak*? No, no podía bajar la guardia, porque quizás era una de sus mascotas o uno camuflado.

El lobo se quedó sentado delante de mí, sin hacer ningún movimiento, observándome. Mi respiración se aceleraba y me estaba impacientando.

«Necesito mis armas, no puedo estar tan desprotegida. Debo matarlo antes de que él lo haga».

Cuando pensé en matarlo, se levantó de golpe y se acomodó como si fuera a atacar. El pelaje blanco de su lomo se erizó y su boca se abrió, enseñando los colmillos que de seguro me dejarían con mucho dolor. Me levanté rápidamente y me posicioné para recibir el ataque.

—¡Ven por mí, sucia bestia! —grité, y me quité la correa de mi pantalón y la agarré con ambas manos.

El lobo corrió hacia mí con una velocidad increíble. Cuando estuvo a punto de estamparse conmigo, me deslicé hacia el lado con la misma rapidez que él. No sé cuánto tiempo pasó, pero me estaba agotando, y eso no era bueno. A esas alturas tenía que pensar rápido en algo. Esa bestia imitaba muy bien mis movimientos, como si pudiera leerme. «¿Quién eres y qué quieres de mí?».

—*Ella* eres tú; tu otra mitad —dijo una voz melodiosa, que provino de un humo blanco.

No tardé en ver a la dueña de esa voz.

—¡Tú! —dije al verla.

—Sí, yo. ¿Acaso esperabas a alguien más? —dijo la mujer de cabello plateado, colocando las manos en su cintura.

—De hecho, no esperaba a nadie; ni siquiera sé dónde estoy —dije, sin despegar la mirada del lobo, quien se sentó y miró a la bruja.

—Pues estás en el mundo de los sueños —dijo, como si yo lo hubiera tenido que saber.

—Seguro… Entonces, tú y el lobo están en mis sueños… ¿Y qué hacen exactamente?

—Yo solo estoy viendo que ustedes dos no se maten. *Ella* es parte de ti —dijo, y se acercó con la loba.

Aproveché el momento para relajar los músculos y poder mirar mi alrededor. Solo podía ver un infinito blanco.

—A ver, un momento. ¿Cómo es que puedes saber que en realidad esa cosa es parte de mí?

—¿Acaso eres ciega? Mira sus ojos. Además, te vi nacer y le prometí a tu madre que te cuidaría. Aunque creo que fallé en esa promesa. —Respiró hondo y continuó hablando, sin dejar de acariciar la cabeza de la loba—: Y esta amiguita se te arrebató cuando eras una bebé y la encerraron en la luna, dejando en ti un vacío. Ella siempre fue parte de ti.

Me quedé sin palabras. La loba… ¿Arrebatada?

—Señora, creo que se equivocó de persona. Mi madre era humana y mi padre un *vurdalak*. ¡Y fueron asesinados por ellos! —dije, y señalé a la loba, quien me gruñó a la misma vez—. ¡Todos ellos deberían morir!

La bestia se paró para atacar y en cuestión de nada saltó en mi dirección. La bruja se interpuso entre nosotras, y ambas —la loba y yo— chocamos con una fuerza invisible, haciéndonos rebotar y caer en el suelo.

Mi visión se volvió borrosa. El agotamiento de la lucha con la loba me había dejado sin fuerzas.

Capítulo Veintiuno

ALLAN

Las manos de Laura brillaban con una intensidad que cegaba. La habitación se comenzó a sentir pequeña con cada paso que daba, ya no sabía adónde ir. Estaba exhausto, y nada más de pensar que era por culpa de ella... Ese lazo me estaba matando: necesitaba deshacerme de él.

Laura comenzó a brillar cada vez más y eso me preocupaba. En ese instante Laura salió expulsada por una onda de viento proveniente del cuerpo de la Cazadora. La agarré en el aire y la senté en el suelo con cuidado. Estaba sudando y su respiración agitada.

—¿Qué demonios pasó? —pregunté, aun agarrando a Laura.

—Las dos son tan cabeza dura que no se detendrán tan fácil —dijo Laura, agarrándose la cabeza.

La chica de cabello turquesa despertó, se sentó en la cama y, cuando me miró a los ojos, se levantó caminando hacia mí. Sus ojos de diferentes colores me mantenían en trance. No podía moverme, era como si pudiera controlarme con tan solo verme. Se podía sentir su aroma dulce y tranquilizador.

La veía caminar, seductora, hermosa, mordía su labio inferior sin apartarme la mirada; incluso cuando apartó ferozmente a Laura de mis brazos, ahí no pude hacer nada. No era yo quien reaccionaba, era mi lobo. Se lanzó hacia mí y pasó sus brazos por mi cuello. Acercó su rostro a mi cuello y me olfateó como si fuera un delicioso postre.

Mi cordura no podía más y la agarré con suavidad. Mis manos recorrían su cuerpo y mi boca saboreaba su cuello, pasando por donde algún día estaría mi marca. Mi mente no daba tregua para otra cosa que no fuera ella.

Mi lobo solo quería poseerla, y ella no me lo estaba poniendo difícil. A lo lejos podía escuchar a Laura gritar, pero no lograba entender lo que decía.

«Maldición».

Volvió a lamer mi cuello, y no podía aguantar más. La alejé para besarla y miré sus ojos; noté que no era ella: era su loba quien estaba controlando su cuerpo.

«Mierda».

No podía hacer eso y menos al no ser ella la que estaba manejando su ser. La alejé con la poca determinación que me quedaba, pero lo logré cuando pensé quién era ella en realidad: la maldita Cazadora.

—¡Basta! ¡Aléjate de mí, maldita mujer! —grité, y ella retrocedió con una expresión de dolor.

Me dolió verla así, pero tenía que detener eso y hacer que volviera en sí.

—¡Oye, despierta, toma el control! —dijo Laura, y se acercó lentamente a la Cazadora.

La tomó de las manos y la miró con fijeza, haciendo que cerrara los ojos.

En cuestión de segundos, Lúa abrió los ojos y se apartó de Laura, tocándose la cabeza y sentándose en la cama.

—¿Dónde estoy? ¿Qué sucede? —Me miró y gritó—: ¡Tú! ¡Maldito, abusaste de mí! Yo... yo te vi. Me tocabas y... y...

—Tú fuiste la que se me abalanzó. Me empezaste a besar y a tocar. En otras palabras, tú abusaste de mí —dije, y sonreí tranquilo.

Me levanté del suelo y salí de la habitación, dejando que gritara. Cerré la puerta y me fui de la casa lo más rápido que me permitieron los pies. Todavía sentía su aroma en mi cuerpo, y eso me estaba volviendo loco.

Caminé sin rumbo y me encontré frente a la casa de Layla.

«Maldición, ¿qué rayos hago aquí?».

Layla siempre ha estado dispuesta a calentar mi cama, pero nunca le he dado una razón para que piense que sería algo más que eso. A ella no le molestaba y a mí tampoco; pero desde que la loba de la Cazadora despertó, mis emociones estaban por todos lados.

—Hola, guapo, ¿me buscabas? —Esa chillona voz la reconocería en cualquier lugar.

—Hola, Layla. Solo pasaba por aquí.

—Bueno, mi querido alfa, ya que estás por aquí, ¿por qué no vienes y entras un momento? Necesito tu ayuda con algo.

—Layla, no estoy de humor.

—Solo será un momento —dijo, y me agarró del brazo para llevarme a su casa.

Algo en mi interior decía que me fuera, que saliera, que corriera lo más rápido que me fuera posible. Pero, por otro lado, no había estado con ninguna mujer desde que la Cazadora llegó, y eso me tenía de muy mal humor.

Me dejé llevar por los deseos reprimidos que me atormentaban y decidí pasar la noche con Layla y olvidarme de Lúa.

Capítulo Veintidós

Lúa

La cabeza me daba vueltas y me sentía agotada. No podía enfocar bien la vista. La bruja que estaba en mis sueños me dio una taza con un brebaje azul.

—¿Qué es esto? —pregunté, al llevarlo a mi nariz y oler su tranquilizador aroma.

—Un calmante. Más para tu *pequeña amiga*.

—¿Conociste a mi madre?

—Sí.

—Pero ¿cómo? Mi madre era humana.

—Hablaba de tu madre biológica.

—¿Biológica? ¿Me estás diciendo que a la que conozco como madre no es mi madre? Entonces, ¿dónde está?

—La mataron el día que te secuestraron; pero tu padre sigue vivo.

Bajé la mirada hacia la taza —a la que todavía le quedaba brebaje—, suspiré, pero no podía hablar ni sabía qué decir. Si era cierto, entonces, ¿quiénes eran los que me criaron? ¿Por qué me secuestraron? ¿Cuál era la razón?

—¿Por qué? —pregunté, aun mirando la taza.

—¿Perdón?

—¡¿Por qué ahora?! ¡¿Por qué llegaste ahora y no cuando era una niña o cuando los lobos me atacaron?! —grité sin saber lo que decía; solo salían preguntas que tenía encerradas desde hace mucho.

Siempre me sentí diferente, incompleta.

—Cuando tu madre dejó el reino para llevarte con tu padre, tuve que acompañarla, pero la bruja superior me detuvo y mandó a otra bruja en mi lugar. Nunca supe el porqué, pero cuando logré salir, te habían llevado y tu madre estaba muerta. No había posibilidades de ayudarla.

»Tu padre estuvo buscándote por mucho tiempo, pero ellos te escondieron y contrataron a otro aquelarre de brujas para que hicieran el ritual de extracción esa misma noche. Para cuando supimos de ti, tenías catorce años y estabas viviendo con un *vurdalak* y una humana para que su aroma disfrazara el tuyo. Esa noche tu padre fue con los guerreros *volkodlaks* a rescatarte.

—¿Me estás diciendo que uno de los lobos que nos atacó esa noche era mi padre?

—Sí, pero él no pudo llegar a ti. En ese instante, llegaron más *vurdalak*; eran demasiados para los lobos y te llevaron una vez más. Tu padre nunca ha dejado de buscarte, incluso cuando muchos le dijimos que nunca te encontraría con vida. Siempre pensamos que ellos te matarían o te convertirían en uno de ellos; jamás pensé que te dejarían vivir como humana entre ellos.

—Créeme cuando te digo que no fue fácil. Aún tengo pesadillas de todo lo que he pasado. Pero aún no entiendo… ¿Por qué ahora? ¿Por qué cuando el gran lobo idiota me trató de descuartizar es que apareció mi lobo?

—La Gran Diosa de la Luna te otorgó el mayor de los regalos que se podrían recibir.

—¿Que es…?

—Tu otra mitad, tu compañero de vida, quien estará a tu lado por el resto de sus vidas ayudándote a crecer física y espiritualmente.

No podía seguir escuchando tanta babosada que salía de la boca de Laura. Era como si hubiera entrado en una novela de ficción.

«¡Yo, la protagonista que fue separada de su familia al nacer, y el gigantesco, fortachón y engreído lobo, llegó a rescatar a la pobre chica!». Eso solo pasaba en las novelas y las películas.

—De acuerdo… ¿Y cómo me deshago del lobo y del idiota? —pregunté, y la vi con fijeza.

—No puedes.

—¡¿Qué?!

—*Dije* que no puedes. Escucha, Lúa, solo vas a sobrevivir aceptando quién eres ahora. Tú y ella son una, dos mitades, una sola alma. No podrás vivir sin ella y ella no podrá vivir sin ti. Si no aceptas quién eres y continúas luchando por el control del cuerpo, llegará el día en que ambas mueran. —Laura respiró hondo y me tomó de la mano cuando vio que no hacía ningún gesto—. Mi niña, déjame ayudarte a ver con claridad.

Laura me tocó la frente y a mi mente llegaron imágenes de un panorama hermoso. La luna brillaba en todo su esplendor, la suave brisa de la noche movía las ramas de los árboles, haciendo que tocaran una hermosa melodía. Un grupo de lobos, de distintos colores, corrían alegres por el campo. Se detuvieron en un claro y comenzaron a cantar una bellísima canción; sus almas estaban unidas en la melodía. Del astro celeste descendió una luz intensa y cálida. Una hermosa dama de cabellera blanca y ojos grises se hizo presente y su entorno estaba rodeado del mismo resplandor, hasta que sus pies tocaron el suelo. Llevaba una bebé envuelta en una fina tela.

Los lobos aullaban con suma alegría, y uno de ellos se transformó en un hombre alto, fornido y de cabello negro. Él abrazó a la recién llegada, y cuando ella le iba a entregar a la bebé, disparos y dagas salieron de todas partes. Los lobos trataron de defender a la mujer, pero una daga dorada atravesó su espalda, haciendo que cayera en los brazos del hombre ante ella. La bebé le fue arrebatada cuando varios *vurdalak* salieron de la espesura del bosque y se abalanzaron sobre todos ellos. El caos era inmenso, todos peleaban para rescatar a la pequeña, pero eran demasiados *vurdalak* y los lobos no estaban preparados para un ataque de esa magnitud. Lo último que el hombre lobo vio de su bebé, cuando el *vurdalak* de cabello blanco se la llevaba, fueron sus ojos: uno amarillo y el otro gris.

Regresé y sacudí la cabeza, sorprendida de ver ese recuerdo.

—¿Cómo es posible que pudiera ver eso si me dijiste que no habías estado ahí? —pregunté sorprendida.

—Esos son los recuerdos de tu padre. Cuando llegué, ya era demasiado tarde: habían matado a tu madre y te habían llevado. Le pedí a tu padre que me mostrara lo que pasó y aún sigo sufriendo. Aunque no tuve opción, me siento culpable por no haber estado ahí y haberte protegido.

—Aún con lo que me has mostrado, no estoy convencida. Ustedes, las brujas, usan muchos trucos para salirse con la suya, y no caeré tan fácil en uno de ellos. No lo tomes personal, solo es que no confió en nadie, y mucho menos cuando soy una prisionera.

—Bueno, querida, solo te muestro el camino. Si lo tomas o no, es tu decisión. Pero escucha mis palabras: si eliges el camino incorrecto, solo encontrarás la muerte por todos lados. Adiós.

Y con eso se fue; desapareció en un instante, dejando un humo blanco. La puerta estaba cerrada y podía sentir a dos fortachones al otro lado. Mi cuerpo estaba adolorido y no aguantaba la cabeza por el exceso de información. Necesitaba procesar lo que había pasado. ¿Sería cierto lo que me mostró o sería un truco de los *volkodlak*? Al menos el lobo idiota no estaba cerca.

Me recosté en la cama y, no sé cuándo, pero me quedé dormida, inhalando el aroma dulce y tranquilizador de la almohada.

Capítulo veintitrés

ALLAN

El sol brillaba desde la ventana de la habitación de Layla. Me había quedado dormido. Me toqué la frente y suspiré.

«Maldición, ¿qué he hecho?». Me levanté y busqué mi ropa.

—Tu ropa está en el asiento. Aunque debo decir que me gustas más así —dijo Layla al verme buscando por todos lados.

—Muy graciosa. ¿Qué hora es? Kristan debe de haber estado...

—Está esperando afuera —dijo Layla; se acercó a mí y me acarició la espalda con otras intenciones.

—Layla, esto no se repetirá —dije con irritación.

—Sabes que puedes venir cuando quieras, mi queri...

—¡Dije que no se repetirá! ¡¿Entiendes?! —rugí; me puse la camisa y salí de la cabaña. Aunque el enojo era más conmigo que con ella.

Kristan estaba recostado de un árbol, mirando su teléfono mientras me esperaba. Al verme levantó la cabeza.

—¡Vaya, con Layla! ¿En serio? ¿Acaso estás loco, Allan? Ya tienes a tu compañera de vida...

—¡Basta, Kris! Lo sé. No necesito que me lo recuerdes. Esto me está volviendo loco. Ella es la Cazadora y también es la... maldita que mató a mi hermano. ¡Mi hermano, Kristan! ¿Qué demonios es lo que se supone que haga? ¿Que lo olvide y la acepte como si nada?

—Solo digo que no deberías seguir jugando con Layla. Sabes muy bien que ella quiere ser Luna, y cuando se entere de que apareció tu compañera, no lo tomará nada bien.

—Sé que tienes razón, pero Layla sabe que jamás será más de lo que es. Sé que no es justo, pero se lo he dejado claro. Ella jamás será Luna de esta manada.

—De acuerdo, como digas, Alfa. ¿Qué harás con la Cazadora? Sabes que tratará de escapar de nuevo —dijo Kristan, señalando hacia la casa principal.

—No tengo tiempo para pensar en ella, debo ir al entrenamiento de los guerreros. Llevo días sin estar presente y no puedo permitir que estén de brazos caídos. Nunca se sabe cuándo podrían atacarnos y siempre necesitamos estar alertas. Ocúpate de ella por hoy, y trata de que no escape.

—Sí, Alfa.

Me despedí de Kristan y fui a las arenas de combate, donde mis guerreros entrenaban. Pero cuando llegué, los vi haciendo lo contrario: algunos jugaban a las cartas, otros comían y hablaban como si estuvieran en una fiesta. Al ver eso mi enojo dio un giro descomunal y rugí. Los guerreros, corrieron por todas partes hasta formarse.

—¡¿Acaso son cachorros?! Da vergüenza ver a los *tan temibles* guerreros de la manada Luna Azul descansando y jugueteando. ¿Creen que por tener una relativa *tregua* todo permanecerá tranquilo? ¡Los malditos vampiros no son nuestros únicos enemigos! —Todos quedaron inmóviles. Mi ira se podía sentir y sabían que los haría trabajar el doble—. ¿Dónde están Leif y el capitán? —pregunté, y uno de los guerreros señaló hacia las barracas—. Cien vueltas y cien lagartijas. ¡AHORA!

Caminé hacia las barracas, dejando atrás el ruido de los guerreros. No sería un buen día, lo presentí. Cuando entré a las barracas, vi a Stig, el capitán de los guerreros, durmiendo. Mi rugido fue tan fuerte que se cayó de la cama y buscó de dónde provenía.

—¡Alfa! Yo-yo estab...

—¡Silencio! Stig, eres el capitán por una razón: eres el más rápido de todos. Pero si el cargo es muy aburrido, puedes volver a ser uno de los guerreros y dejarle el cargo a alguien que sí lo aprecie.

—Alfa, lo siento, no volverá a ocurrir.

—Yo sé que no. Recoge tus cosas y repórtate con Eli: él será el nuevo capitán.

—Sí, Alfa.

Mi cabeza daba vueltas. ¿Qué rayos estaba sucediendo? Eso nunca había pasado. ¿Era por ella?

Leif entró y me vio mientras me sostenía la cabeza.

—Alfa, uno de los guerreros me dijo dónde encontrarlo. No tenía idea de lo que estaban haciendo los guerreros, me he mantenido en la casa principal, vigilando a la Cazadora...

Leif se detuvo cuando vio la furia en mis ojos. Sabía que no aguantaría escuchar más excusas. Me incorporé e inhalé hondo para no matarlo.

—Necesito que le digas a Eli las nuevas órdenes. Será el capitán de ahora en adelante y tú te quedarás aquí para vigilar que mis órdenes se cumplan al pie de la letra.

—Sí, Alfa —dijo antes salir.

«Alfa, la Cazadora ha escapado nuevamente», dijo Kristan, por nuestro enlace mental.

«De acuerdo, voy por ella. Todo aquel que la vea, dejen que siga corriendo. Yo me encargo».

«Sí, Alfa», respondieron al unísono los guerreros.

Capítulo Veinticuatro

Lúa

La mañana estaba fría. No entendí cómo lo sabía, pero se acercaba una nevada, por lo que debía escapar antes de que llegara. ¿Cómo lo haría? Me tenían muy vigilada. Esos dos fortachones no se irían a no ser que los llamaran.

Miré a todos lados y me acerqué a la ventana, pensando en salir por ahí.

«Puedo hacerlo, no dolerá tanto», pensé.

Al abrirla, escuché que uno de los guardias se retiraba y llegaba otro a tomar su lugar.

El frío invernal de la mañana estremeció todo mi cuerpo. Al menos encontré zapatos; grandes pero funcionales. No lo pensé más y me lancé de la ventana; fueron como cuatro metros. Cuando toqué el suelo, me di cuenta de lo ágil que me había vuelto. A esa altura hubiera caído rodando, pero caí con la gracia de un felino. No quise darle vueltas al asunto, así que comencé a correr sin parar. Ya sabía por dónde no ir, por lo que esa vez fui más astuta.

Miré mis alrededores, caminé y me escondí en algunos rincones. Sabía que los lobos tenían un asombroso olfato, así que tenía que tratar de que no me descubrieran. Pasé por una cabaña que tenía un olor familiar; leve, pero ahí estaba. Una chica de cabello rojo salió por la puerta y casi me descubrió. Me quedé detrás de un árbol y esperé a que se fuera; pero escuché a varias mujeres acercarse.

—¡Mierda! —maldije entre dientes, y le supliqué a Lilith que no me detectaran.

—¡Vaya, vaya, vaya! Creo que alguien tuvo una noche muy divertida —dijo una de las mujeres que saludó a la peliroja.

—Pues ¿qué esperabas? Allan sabe que siempre estaré disponible para él —dijo la mujer, y se acomodó la falda corta.

No entendí el porqué, pero escuchar el nombre del alfa me hizo querer arrancarle la cabeza. Respiré hondo y me volteé para ver por dónde podía salir de allí. Tenía que controlarme, o me iban a descubrir.

—¡Él y otros más! ¿Verdad, Sylvi? —Las demás rieron.

—¡No! Solo estoy disponible para Allan. Ya verán cuando me haga su Luna, y...

—Estás delirando, Layla; el alfa no te hará Luna. Él solo te usa para calentar sus noches —dijo la mujer de cabello negro, que al verle el rostro, pude notar su desinterés de la conversación.

—No sé por qué sigo saliendo con ustedes, solo saben chismear de todos —dijo la tal Sylvi.

—Porque es lo que te entretiene —dijo Layla, y se alejó de la cabaña—. Vamos, Pía está esperando.

Al retirarse, solté el aire que no sabía que estaba conteniendo. Seguí caminando detrás de las cabañas con mucho cuidado. Observé familias y niños correr por sus hogares; era bien parecido a una comunidad de humanos.

Algo cambió en mí cuando vi a una señora con un bebé en brazos. Le cantaba una canción que me traía un vago recuerdo.

Sacudí la cabeza, seguí mi camino y llegué a unos portones que marcaban el comienzo del bosque. Trepé la cerca y corrí y corrí sin mirar atrás. Lo estaba consiguiendo, ¡por fin estaba escapando con éxito! Hasta que un aroma conocido y muy distinguible llegó a mí. Ahí me di cuenta de lo difícil que sería alejarme de él, era como si tuviera un localizador en mí.

Desistí de correr y caminé hasta llegar a una llanura, donde un árbol caído daba la impresión de ser un asiento. Me senté y esperé a que el gran lobo malo llegara.

Respiré hondo cuando Allan se acercó y su aroma llegó a mí, despertando esos sentimientos de pasión.

«De verdad que tengo que salir de aquí».

—¿Te cansaste de correr? —preguntó, y se detuvo a poca distancia de mí—. Más adelante está el lago. Podías haber llegado hasta allí.

—Sí, muy gracioso. A ver, dime, ¿qué fue lo que me pusiste? ¿Un localizador, un tipo de rastreador? Porque no es normal que me encuentres tan rápido —dije.

Me crucé de brazos y lo miré fijamente; quería demostrarle que no le tenía miedo.

—No sé de qué manera explicártelo. Ya te lo dije antes: estamos unidos, y siempre, *siempre*, sabré dónde te encuentras. Esto de que estés escapando se vuelve aburrido. ¿Por qué no...?

—¡Ooh! Lo siento, gran alfa, por ser una molestia. Si soy tan aburrida, ¿por qué no me deja ir, o me mata como lo tenía planeado? Cualquier decisión será bienvenida. Aunque si me dejas escoger, preferiría estar *muerta* antes de ser una aberración como tú —dije con odio y repulsión en la mirada.

El enojo en él era palpable. Sus ojos verdes brillaban con intensidad, pero aun así no dejé de verlo fijamente. Suspiró con pesadez, cerró los ojos y, al volver a abrirlos, estaba más calmado.

—Lúa... ¿cierto? —Asentí con la cabeza—. Entiende algo: no sé cuál es el propósito de la diosa al unirnos, pero fuiste quien mató a mi hermano... Y créeme cuando te digo que no tengo ni el menor deseo de estar contigo. Lo más que anhelo es arrancarte la cabeza y dejarte sangrando en el suelo. Pero no puedo, porque eso significa causarme daño. Así que, aunque no quisiera, tienes que quedarte hasta que logre deshacerme del maldito lazo que nos une.

Con cada palabra que salía de su boca, sentí cómo mi alma se comprimía, y eso me frustraba. No podía controlar mis sentimientos.

«Esto será difícil. Necesito sacar esta aberración de mi cuerpo».

—O sea, ¿que lo de estar unidos es cierto? —pregunté al sentir cómo mi cuerpo quería estar cerca del suyo.

—Sí, y necesito tiempo para ver cómo puedo deshacerme del lazo sin que nos mate en el intento. Podríamos tener una pequeña tregua, si dejaras de escapar y te limitaras a quedarte más tiempo. —Volvió a suspirar con pesadez y siguió—: Si logro hacerlo, te prometo que te mataré rápidamente.

«Si no es que yo te mato primero», pensé.

Muy dentro de mí, sabía que no era mala idea darle tiempo para ver si podía deshacerse del lazo. Luego lo mataría y volvería a casa. No tenía muchas opciones.

—De acuerdo, esperaré tranquilamente. No volveré a escapar. Pero ¿estás seguro de que puedes deshacer el lazo?

—No, pero lo intentaré; buscaré la manera de hacerlo, así sea lo último que haga —dijo con determinación, lo que ocasionó que mi corazón se contrajera.

Allan se quedó en silencio y miró hacia la nada. Parecía estar hablando con alguien por su forma de actuar. Se movía de un a lado a otro, suspiró, bajando la cabeza y negando con ella. Luego me miró fijamente.

Capítulo veinticinco

«Alfa, te necesitamos, es urgente», dijo Kristan con preocupación.

«¿Dónde estás?», contesté.

«Estamos en el lago, cerca del perímetro sur».

«De acuerdo, voy enseguida. Estoy cerca, pero la Cazadora está conmigo. Tengo que llevarla primero».

«Allan, es de suma importancia que vengas ahora. Tráela contigo, esto no puede esperar».

Miré fijamente a Lúa:

—Tengo que solucionar algo, así que no me retrases y mantente cerca.

—¡Espera! ¿Adónde vas? ¿Acaso no acabaste de decir que no sería una prisionera? —dijo la chica, tratando de seguirme el paso.

Debía admitir que se veía muy ridícula en esos zapatos grandes.

—¡Escucha! Soy el alfa de esta manada y siempre estoy trabajando y al tanto del bien de los míos. En este momento estoy cerca de donde me necesitan y no te puedo dejar sola; aunque no me guste, tengo que llevarte conmigo. Vienes a las buenas o a las malas. ¿Caminas o prefieres que te lleve como un saco al hombro?

Me volteé para cogerla, y ella casi me da un puñetazo. Si no fuera por mis instintos, estaría sobándome la mandíbula.

—¡Aléjate! Caminaré. ¿De acuerdo? —dijo.

Estaba en mi despacho terminando una botella de whisky. No había sido un día fácil; primero, Layla; segundo, Lúa, y para terminar, tres de mis jóvenes guerreros murieron.

«¿Pero qué demonios está pasando? Al menos sé que no fue ella. Estuvo inconsciente en mi habitación y luego conmigo».

El tintineo del hielo en mi vaso me sacó del recuerdo de los cuerpos sin vida, sin sangre y con mordidas en el cuello. Típico de esas desgraciadas sanguijuelas. Rompí el vaso por la ira. Sacudí la mano y me levanté para servirme más whisky.

«De seguro esta será una noche muy larga».

—Necesito reforzar la frontera y encontrar a los responsables de esto —comenté para mí mismo.

Ya estaba un poco ebrio, pero las imágenes de todo lo que ocurrió en esas últimas semanas seguían haciendo estragos en mi mente. Y para colmo, ese aroma tan exquisito de la maldita Cazadora era cada vez más fuerte. El lazo se fortalecía al estar tan cerca, pero al no completar la unión, mi lobo se desesperaba con cada día que pasaba. Ese aroma tan tranquilizador entraba en mí y apaciguaba las aguas de tormenta que llevaba dentro. Me liberaba un poco de los malos pensamientos y despertaba otros que no quería sentir.

Fui hacia la cocina para buscar otro vaso y, sin darme cuenta, seguí ese aroma. La luz de la cocina estaba apagada, pero su olor era más fuerte: estaba cerca. Sin importar la alarma que se encendía en mi cabeza, mi cuerpo siguió en esa dirección. Abrí la puerta lentamente y encontré a la chica de cabello turquesa sentada a la mesa, comiendo.

Inhalé profundo y otra vez su dulce aroma me invadió, el cual me hizo perder la cabeza. Decidí retirarme antes de que hiciera algo de lo que me pudiera arrepentir luego.

—Allan, ¿eres tú? —preguntó Lúa.

Pensé que ya era capaz de sentirme cuando estaba lo suficientemente cerca gracias a nuestra unión. Me volteé y encendí la luz.

—Sí, soy yo. ¿Qué haces aquí? Se suponía que no irías a ningún lado sin decirme —dije, y me acerqué a buscar el whisky que tenía guardado en la alacena.

—¿Es en serio? O sea, si tengo que ir al baño, ¿tengo que decírtelo? Me dijiste que no me tratarías como prisionera si cooperaba. Y solo bajé a comer algo, ya que no me he alimentado bien en varios días —dijo Lúa, volviendo a su comida.

Respiré hondo y abrí la botella de whisky. Bebí un par de tragos.

—¡Vaya! Estás tratando de ahogar tu hígado, digo, porque beber de esa manera está de locos —dijo la chica, y puso el plato en el lavaplatos, muy cerca de mí.

—Lo que está de locos es el maldito aroma que me está volviendo loco y los malditos problemas que se acumulan desde que llegaste —dije entre dientes, tratando de aguantar el coraje y la lujuria que crecía tras cada segundo.

—¿Disculpa? Fueron ustedes los que me trajeron para su *gran ceremonia de muerte a la Cazadora*. ¿Recuerdas? ¡¿O acaso el alcohol te derritió el cerebro?! —exclamó Lúa, y se puso las manos en la cintura, mirándome con fijeza, odio y pasión.

Maldición, esos hermosos y misteriosos ojos, esa mirada de diferentes colores... El alcohol hacía de las suyas, porque los veía brillar como una supernova. Mi cuerpo actuó a su voluntad. Me acerqué a ella y la agarré por la cintura y el cuello. La besé intensamente sin saber lo que estaba haciendo. Su boca luchaba conmigo, pero después de unos segundos, contestó mi llamado y se abrió para mí.

Al parecer no pudo aguantar el impulso del lazo. Su cuerpo se relajó y se aferró a mi cuello, intensificando el beso que compartíamos con pasión. La besaba y ella respondía, la tocaba y ella gemía. La agarré y la senté en la mesa, besé su cuello, toqué su cintura mientras ella trataba de quitarme la camisa. Una vez logró hacerlo, me besó el cuello y tocó mi cuerpo como una loba hambrienta.

Su cuerpo era exquisito, su aroma me envolvía, y sabía que mi aroma se impregnaría en su cuerpo, algo que me inflaba el pecho al saber que todo el mundo sabría que era mía y solo mía. Sus gemidos me volvían loco, quería hacerla mía, marcarla y culminar el lazo que nos uniría por el resto de nuestras vidas.

«Por el resto de nuestras vidas», resonó en mi cabeza como una bandera roja. «Maldición, ¿qué estoy haciendo? Tengo que detener esto». Me aparté de golpe y sacudí la cabeza.

—Esto no puede pasar. Lo siento, tienes que irte a tu habitación —dije, mirándola, para que supiera que hablaba en serio.

Su mirada de confusión y dolor me rompieron el corazón, pero también sabía que era por el lazo y su loba. No era real... ¿o sí?

Ella se bajó de la mesa, agarró su camisa —que estaba en el suelo— y salió por la puerta, directo a su cuarto, sin decir una sola palabra. Me volteé, agarré la botella de whisky y me retiré a mi despacho.

Sabía que lo que me esperaba no iba a ser bueno, porque su aroma estaba impregnado en mi cuerpo.

—¡Maldición! —masculló.

Cerré la puerta y me senté en la silla, bebiendo directo de la botella.

Capítulo Veintiséis

Lúa

Cerré la puerta de golpe y me eché en la cama. «¿Qué acaba de pasar? ¿Acaso estoy loca?».

Me estrujé la cara con ambas manos y el olor de Allan estaba ahí.

—No, no, no, no.

Corrí hacia el baño —gracias a Lilith que había uno dentro del cuarto— y me quité toda la ropa restante, ya que me encontraba sin camisa. La tiré al bote de basura y entré a la ducha. Cuando el agua corrió sobre mi cuerpo, solo pensaba en las manos de Allan tocándome.

«¡Aaaah, esto no me puede estar pasando!».

Sacudí la cabeza y pensé en algo más para poder distraerme.

—Ok... Había tres muertos cerca del lago. Todos eran jóvenes, por lo que dijo el... ¿beta?, sí, beta... no tenían sangre, así que lo más probable es que fueran *vurdalaks*. ¿Habrán venido por mí?... No creo, deben pensar que estoy muerta. Bueno.... ¡maldición! ¿Por qué sigo pensando en él?... ¡Aaaah!

Salí de la ducha y busqué algo de ropa. Cerré los ojos y lo único que veía era su rostro cerca del mío, sus labios devorando mi cuerpo y...

«¡Oh, yaaaaaaaaaaaa bastaaaaaaaaaa!».

Me eché en la cama y me obligué a dormir: ya no quería pensar en nada.

Desperté agitada y empapada en sudor; todavía podía escuchar el grito de aquel hombre y las lágrimas se me salían sin darme cuenta.

«¿Acaso eran mis padres?».

Me levanté de la cama y me miré en el espejo de la cómoda. Esos ojos heterocromáticos que me miraban desde el reflejo, eran como si viera a otra persona. Mi cabello turquesa estaba alborotado de tanto que me moví en la cama y mi piel había agarrado color. Mis facciones habían cambiado, me veía con más vida. Pero lo más que resaltaban eran mis ojos, que brillaban con una intensidad que jamás había visto.

Eran las tres de la mañana. Respiré hondo y caminé hacia la ventana, la abrí e inhalé el aire frío de la noche. Miré hacia el bosque y de repente mi pecho comenzó a arder; sentía cómo el calor se expandía por todo mi cuerpo y me quemaba. El dolor era intenso, por lo que caí de rodillas. No podía articular ninguna palabra o gritar de dolor.

Algo quería salir de mí, y no de la mejor manera.

Mi cuerpo quería explotar. Caí al suelo, escuché cómo mis huesos comenzaban a romperse y armarse en un esqueleto extraño para mí. Ahí entendí que la maldita bestia que reside en mi interior quería salir.

Luché con todo lo que tenía, pero no pude detener la transformación. Mi conciencia se retiraba para darle paso a la de la bestia. Me salía pelaje blanco por todas partes y cubrió todo mi cuerpo; era como si fuera una espectadora. No tenía control sobre mis extremidades.

Una vez transformada, perdí el control total de mi cuerpo. Ya no era humana, solo un animal. La loba miró hacia todos lados y vio la ventana abierta. Iba a saltar. Puso las patas delanteras en la ventana y, de un solo empujón, saltó y cayó al suelo con gracia.

Corrió hasta que llegó a la entrada del bosque y se detuvo por unos segundos, alzó el hocico e inhaló profundo. Pude sentir cómo el aire fresco de la noche entraba por... nuestra nariz.

«Todo esto es extraño».

Luego se adentró a las profundidades del bosque, como si hubiera localizado lo que estaba buscando.

Corría sin rumbo, podía sentir su fuerza, sus músculos cuando sus patas tocaban la tierra, hasta la respiración agitada y el latir de nuestro corazón. Era extraordinaria la libertad de ese momento. Mientras lo hacía, sentí la brisa pasar por el pelaje blanco que apenas era iluminado por la luz de la luna. Algo llamó su atención. Un conejo.

«¡Oh no, no vas a comerte eso! ¡No, no, no!».

Se acomodó y fue tras el pobre conejo, que, al percibirnos, salió corriendo. La loba lo persiguió hasta acorralarlo y atraparlo, pero antes de dar su fatal mordisco y degustar su presa, un aroma ácido y metálico la distrajo. La loba volvió a olfatear y encontró la procedencia de ese olor. Fue hacia el lugar, pero cuando nos estábamos acercando, un sentimiento de inquietud nos invadió. La loba se detuvo y se agachó para no ser descubierta.

—Te dije que no la mataras. Ahora también tendremos que matar al niño —dijo un *vurdalak* de cabeza rapada y ropa táctica; la reconocería en cualquier lugar.

Pero ¿cómo era posible que estuvieran ahí sin ser detectados?

—Tranquilo, Quil. Gracias a la poción de las brujas, no se darán cuenta de nosotros.

—¿Cuántos más necesitamos matar para que piensen que es ella y la asesinen?

«¿Qué? ¿De qué demonios están hablando? Vamos, loba, acércate más, necesito escuchar», pensé, y para mi sorpresa, me hizo caso.

—No sé, ya perdí la cuenta. Aunque creo que lo quieren tener en secreto. Vamos a tener que hacer más ruido —dijo; rio y arrastró el cuerpo de una mujer. En sus brazos tenía un niño envuelto en una sábana verde.

—Sí. ¿Y si dejamos a esta más cerca del pueblo? Pronto tenemos que reportarnos con los Ancianos. El señor Petroli no estará contento cuando se entere de que aún sigue viva.

—Maldita mestiza, sabía que no era de fiar. Desde que la trajeron, debieron haberla matado. Así no estaríamos perdiendo el tiempo. Aunque claro, ¿quién no disfruta matar estas bestias por diversión?

—Quisiera ver la cara de Lúa cuando la culpen de todas las muertes —dijo, y rio sin parar.

Ya no podía oír más, mi cabeza daba vueltas. Solo miraba el cuerpo de esa mujer agarrando a su bebé; eso era crueldad. Yo mataba porque era mi deber proteger a los nuestros, pero eso... eso era inhumano. No, en realidad no tenía nombre.

Uno de ellos arrebató al bebé de los brazos del cadáver de su madre, y cuando lo estaba acercando a su boca para beberle toda la sangre, salté de mi escondite y los ataqué con una fuerza y rapidez sin igual. Por primera vez, la loba y yo estábamos de acuerdo en algo: en matar a esos desgraciados. Estábamos en sincronía mientras peleaba con ellos. El bebé cayó encima del cuerpo de la madre, sin dejar de llorar. Sentía que se acercaban más *volkodlaks*, pero llegarían demasiado tarde.

Mi instinto fue proteger al bebé, por lo que corrí hacia él y lo agarré por la sábana con la boca para no lastimarlo. Los *vurdalak* me arrojaron dagas, y una de ellas me hirió la pata. Uno de ellos trataba de quitarme al bebé, pero mi fuerza y determinación eran tanta, que salté sobre ellos y comencé a correr. Siguieron detrás de mí, aunque me había vuelto más rápida, así que pude alejarme y esconder al bebé debajo de unos troncos. Luego corrí en otra dirección, llevándolos lejos. A una distancia prudente, me detuve y los esperé.

—Maldito *volkodlak*, ya que tanto la deseas, hoy tendrás tu muerte —dijo una de las sanguijuelas.

Aullé a todo pulmón y sentí la fuerza del bosque en mi alrededor; me sentía una con él. Los ojos me ardían y podía jurar que brillaban, pero no me iba a detener, tenía que acabar con ellos o ellos acabarían conmigo.

Los dos vampiros me atacaron y se encontraron con una barrera hecha de lianas que salían de los árboles como si fueran una telaraña atrapando su presa. Las lianas se enredaban en sus cuerpos y apretaban hasta dejarlos sin vida al arrancarles todas sus extremidades. Cuando las lianas se soltaron, partes de los cuerpos cayeron al suelo y se convirtieron en cenizas. Mi cuerpo estaba cansado y hasta pensé que me desmayaría, pero me acordé del niño.

Inhalé hondo y caminé hacia donde dejé al pequeño. Había lobos por todas partes, los sentía y los olía. Allan también estaba con ellos. Lo más probable era que pensaran que fui yo, tal como lo planearon esos bastardos. Llegué donde estaba el bebé y con mis patas delanteras lo jalé para cargarlo por la sábana. El niño se había quedado dormido después de tanto llorar. Hasta yo lo hubiera hecho.

Cerré los ojos y sentí cómo estaba rodeada de lobos. Puse al niño en el suelo y me senté a su lado. No quería mostrarme agresiva y comenzar algo que no quería. Un enorme lobo gris, con ojos verdes, se acercó y miró al niño. Vio que no estaba lastimado y me habló por telepatía:

«¡¿Qué haces aquí?! ¡¿Acaso tienes que ver algo en esto?!», gruñó.

«Primero que nada, mi parásito de loba decidió salir a dar un paseo nocturno. Segundo, eran *vurdalak*, asesinos de la Guardia Roja de los Ancianos. Y tercero,

¡no, no tuve que ver en esto! ¡De hecho, los escuché decir que habían matado a varios lobos. Estaban esperando a ver cuándo ustedes me echaban la culpa para que me mataran y ellos no tener que hacerlo, ya que mi queridísimo tío le puso precio a mi cabeza!».

Sentí cómo se erizó mi pelaje y me paré en cuatro patas sin darme cuenta. Varios de los lobos a mi alrededor se quejaban, pues —no sé cómo— las lianas los habían inmovilizado.

El lobo gris se me acercó y rozó su pelaje con el mío, diciéndome que me calmara, pero no lo dijo como sugerencia: sonó más como una orden, y eso no iba muy bien con mi loba. Por fin algo que teníamos en común. Le gruñí y me enderecé para que viera que no le temía. Sentí cómo el poder surgía de mí tratando de doblegar a todos a mi alrededor. Algunos lobos mostraron su cuello como respeto, y otros, solo bajaron la cabeza; pero Allan no estaba contento y con su poder de alfa trató de someterme. Cosa que mi loba tomó mal, pues fue como una batalla de poder, hasta que escuché al bebé llorar. Me alejé de Allan para calmar al niño.

«¿Qué pasará con él? Asesinaron a su madre», dije, rozando mi hocico por su cabecita.

«La manada se encargará de él; lo llevaremos a la casa principal y ahí las niñeras se harán cargo. Nunca lo dejaremos desamparado».

Allan me hizo señas para que soltara a los guardianes. Inhalé profundo y me tranquilicé, lo que hizo que las lianas volvieran a los árboles. Cuando uno de los guardianes iba a tomar el niño, le gruñí y casi lo muerdo.

«¡NO! Yo... yo lo llevaré».

El guardián se alejó, levanté al niño y me abrieron paso por órdenes de Allan. La noche ya no estaba tranquila y la mitad de la manada se había levantado por el alboroto. Allan le ordenó a sus guardianes que no dijeran ni una palabra de lo sucedido y de lo que yo había podido hacer. Así que llevé al bebé a mi habitación y lo coloqué en mi cama. Allan me había seguido, ya convertido en hombre y con solo unos pantalones grises.

«Y... ahora, ¿cómo vuelvo a ser yo?», le pregunté.

—¿No sabes transformarte de vuelta? —dijo, con una leve sonrisa.

«No. Ni si quiera sé cómo me convertí. Así que, ¿me podrías decir qué hacer?».

—De acuerdo, solo pídele que te deje pasar.

«Ajá, algo más sencillo. ¡Ni siquiera sé cómo demonios te estoy hablando de esta forma!».

—Ok, visualiza tu cuerpo humano y ve transformándote. Piensa en tus piernas, en tus manos, en tu rostro…

El sonido de los huesos al romperse y reorganizarse en otro esqueleto era insoportable, algo a lo que nunca me iba a acostumbrar. El pelaje se contraía para dar paso a una piel blanca y desnuda. Allan me miraba fascinado, pero al ver mi cuerpo completamente desnudo, se volteó para darme privacidad. Agarré una de las sábanas que estaban en la cama y me la puse, no sin antes gemir de dolor por la cortadura que tenía en la pierna.

—¿Estás bien? —preguntó Allan, volteándose para ver qué me pasaba.

Me agaché y agarré la pierna, que sangraba bastante. Allan se acercó y me tomó en brazos, sin darme tiempo para reaccionar. Me llevó al baño y me colocó en la bañera, con todo y sábana, bajo el agua fría.

—Pero ¡¿qué haces?! —grité; traté de levantarme y salir de la bañera.

—Tienes que lavarlo, para que cuando sane no se infecte —me explicó, mientras me sostenía de los hombros—. Ya, míralo ahora, está sanando.

—¡Uh!, no me acostumbro a esto…

Me estremecí y aparté la mirada de mi pierna. El bebé empezó a llorar y me salí de la ducha para cargarlo y tranquilizarlo. Allan me miraba extrañado.

—¿Tienes hijos o...?

—No... solo me gustan los niños. Su inocencia, su forma de mirar las cosas... es... —Me quedé pensativa y continué—: Nada, olvídalo.

—Nunca pensé que la *gran Cazadora* tuviera un corazón...

—No siempre fui una cazadora, ¿sabes? Me criaron como humana hasta los catorce años, luego de eso pasó lo de... —Inhalé hondo y solté el aire lentamente; no quería hablar de esa noche—. ¿Cuándo se llevarán al niño?

—Cuando decidas soltarlo. Pueden llevárselo ahora mismo si quieres.

—Está bien...

Me quedé meciendo al bebé hasta que una mujer de cabello plateado abrió la puerta y dijo que se lo llevaría a la guardería. Se lo entregué y me quedé mirando la puerta cuando ya estaba cerrada. Ese sentimiento maternal me tomó por sorpresa, fue como si muy dentro de mí tuviera que proteger a todos los niños, fueran de quien fueran, humanos o no, eran niños indefensos.

Allan me despertó de mis pensamientos:

—Lúa, ¿qué pasó exactamente?

—Ya te dije lo que escuché...

—Eso no. ¿Cómo pudiste controlar las lianas del bosque?

—No lo sé; honestamente, no lo sé. Cuando mi furia crecía, fue como si el bosque me escuchara, como si pudiera entender lo que quería en mi subconsciente. Yo solo quise proteger al bebé. Y cuando ellos lo agarraron para matarlo, mi loba y yo nos unimos en el mismo sentimiento, y fue como si fuéramos una. Algo que jamás pensé que pasaría... Maté a esos *vurdalak* y... Allan, necesito respuestas, pero aquí no las encontraré. Tengo que regresar.

—¡No! No puedes irte. ¿Acaso no entiendes? Hasta que sepamos un poco más de tu repentina transformación, no podrás salir. Tienes una sentencia de muerte y lo sabes. Además, estamos unidos...

—Pero, Allan, tengo que hacer...

—¡Dije que no, y es una orden! —gritó, y salió dando un portazo.

Inhalé hondo para no enfadarme, sabía que tenía razón. Era una prisionera, pero algo no estaba bien. Necesitaba saber quién era en realidad.

¿Por qué mi tío me quería muerta? ¿De verdad era una *volkodlak* y no una *vurdalak* mestiza? Me recosté en la cama y vi por la ventana la llegada de un nuevo día.

Con tantas preguntas en mi cabeza, ¿cómo lograría descansar?

Capítulo Veintisiete

ALLAN

—¡Aaaaaaah! ¡Esta mujer me está volviendo loco! ¡Quiere irse! Sí, claro, ¿cómo no? ¡Mira, la puerta está abierta! ¿Acaso de verdad está loca? ¡MALDICIÓN! ¡Y después de lo que pasó hoy! ¡Nooooooo!

Tenía tanto coraje que... No, no coraje... ¡RABIA! Si no fuera porque era mi pareja de vida... ¡LA HUBIERA MATADO!

Mis pasos retumbaban por toda la casa mi respiración estaba agitada. No aguantaba más, era evidente que no podría dormir así. Decidí ponerme a trabajar para despejar la mente. Recorrí el perímetro y encontré a dos de mis guardianes, que estaban atentos y preparados.

—Alfa —dijeron al unisonó.

—Necesito que refuercen la frontera.

—Sí, Alfa. Enseguida —contestó uno marchándose del lugar.

—¿Sepultaron los cadáveres? —pregunté.

—Sí, también se le informó a las familias.

—Bien.

Los guardianes llegaron y se irguieron esperando las órdenes. Todos se notaban preocupados, pues no era usual que recibieran órdenes directas de mí. Para eso estaban Kristan y Leif.

—Busquen por todos lados, si tienen que ir fuera del velo y patrullar, háganlo. Necesito saber cómo diablos se están infiltrando en mi territorio. ¡Esto es inaceptable!

—¡Sí, Alfa! —respondieron y partieron en distintas direcciones.

«Esta va a ser una larga noche».

Capítulo Veintiocho

Lúa

Llevaba tres semanas en aquel lugar. No podía decir que me desagradaba, a pesar de que para ellos solo era una cazadora. Muchos trataron de conocerme, y otros… no podría decir lo mismo, en especial Layla. Ella creía ser la mujer más deseada. Cada vez que se cruzaba en mi camino, intentaba provocarme. Allan me había pedido, o mejor dicho, me suplicó, que evitara los problemas. Tenía que darles una oportunidad, así como ellos lo hicieron conmigo. Pero era difícil cuando una pelirroja con cuerpo voluptuoso se la pasaba tras de mí.

Muchos mencionaban una profecía sobre un lobo blanco que sería su salvación, o algo así. Según lo que me habían dicho, los lobos blancos fueron eliminados por los *vurdalak*. La profecía de la cual hablaban era muy parecida a las que leí en los libros. Algo me intrigaba, pero aún no podía averiguar mucho de ella.

Aprendí mucho de los *volkodlak* y de su historia; algo me decía que no fueron los que iniciaron la guerra entre ellos y los *vurdalak*.

Allan estaba evitándome y le había pedido a Kristan y a su esposa Pía que hicieran de niñeras; además, se dieron a la tarea de ser amables y pacientes conmigo. Sabía muy bien que nunca dejaría de ser la Cazadora y que esa mancha siempre estaría presente.

Estuve haciendo las paces con mi loba. Ya sabía que no podía arrancarla de mi cuerpo, aunque quisiera, porque eso hubiera adelantado mi muerte.

Me encariñé mucho con los ni... digo, los cachorros. Eran bastante curiosos y no paraban de preguntarme cosas, pero varios, al principio, me tenían miedo; no los culpaba. Al estar tanto tiempo con ellos, pude ver una parte de los *volkodlak* que jamás había visto.

Le pregunté a Kristan por mi *padre* y me dijo que estaba ayudando a otra manada lejos de donde estábamos, pero que volvería en un par de días, así que podría conocerlo.

Pía me siguió a todos lados y trataba de que no me metiera en problemas, aunque ellos me encontraban primero.

—Layla, por última vez, ¿no entiendes que no soy la de antes? Si sigues insistiendo, te juro que volveré a serlo.

—Disculpa, *princesita*, ¿crees que porque mi querido alfa te tenga bajo su protección no te pasará nada?

—Layla, ya déjala... —dijo Pía, y se tocó la frente.

Supuse que estaba cansada de lo mismo, porque eso se estaba volviendo cotidiano para Layla. Sabía que quería que Allan la hiciera Luna, pero solo la pareja del alfa podía serlo.

—Deja de defender a esa mestiza, Pía. Ella nunca será una de nosotros. Además, Allan jamás estaría con la asesina de su hermano —aseguró Layla, riendo.

Hasta ahí llegué. ¿Quería pelea? Pues tendría pelea. La palabra «mestiza» me estaba cansando.

—¡Oh, ya me colmaste la paciencia! ¡Maldita zorra! —grité, y le lancé un derechazo, que lamentablemente esquivó.

—¡Vamos a ver de qué estás hecha, *Cazadora*! —exclamó Layla; se quitó la ropa y se transformó.

Su cuerpo se dobló y se quebró en formas que ni la misma física podría explicar. Sus huesos se acomodaron dando paso al esqueleto de un animal en cuatro patas. Su pelaje marrón tenía tonalidades rojizas que hacían que se pareciera al de un zorro.

Adecuado, ¿no?

Busqué algo para defenderme y agarré un hacha cerca de unos troncos. La loba de pelaje rojizo me rodeaba, estudiándome, buscando la forma de descuartizarme. Pero se le olvidó cómo me llamaban, porque se lanzó y dejó al descubierto su cuerpo. Aproveché el descuido y me acomodé debajo de ella para cortarle un poco, sin desmembrar una de sus patas. Me levanté rápidamente y ella chilló una vez tocó suelo. Eso no la detuvo: se abalanzó sobre mí; estaba dejando que su loba la controlara, se notaba en sus ojos.

La esquivé y seguí atacando sin dejar que me mordiera, porque una vez que me agarrara, no me iba a soltar. En un intento de volver a lastimarla (no quería matarla, solo dejarla inmóvil), salté sobre ella, colocando el hacha debajo de su cuello, y comencé a asfixiarla. Ella era poderosa y ágil, pero al rendirse ante su loba, se dejó completamente al descubierto. Solo quería matarme, comerme si era posible. Eso me dio la ventaja. Siempre que los veía transformarse y dejaban que su ira los controlara, se volvían unas bestias tontas y sedientas de sangre; por eso se me hacía tan fácil aniquilarlos.

Una fuerza descomunal me agarró por la cintura y me arrastró hacia ella.

—¡¿Qué haces?! ¡Suéltame! —grité, manoteando, y conseguí zafarme. Me volteé y le metí una patada al desgraciado que se atrevió a tocarme.

—¡Maldita seas, Lúa! —se quejó el pobre hombre que recibió mi rabia.

—¡Mierda! —dije al ver a Allan sobándose el estómago. Ahora sí me iba a encerrar en un calabozo.

—¡¿Qué pasa aquí?! —vociferó, haciendo que los que estaban a nuestro alrededor inclinaran un poco la cabeza. Layla se acercó gimiendo y cojeando de una pata—. ¡Lúa, ¿qué demonios hiciste?! —Allan alzó la mano y le dio una orden a uno de los guardias que estaba con él—. ¡Llévensela y enciérrenla! Luego lidiaré con ella.

—Allan, ¿estás hablando en serio? ¡Ella comenzó esto! ¡Pía, dile! Fue Layla... —grité, cuando los guardias me estaban agarrando de cada brazo para llevarme.

Me sentí indignada, solo me estaba defendiendo de esa... esa...

«¡Maldita, perra, un día me las pagarás!».

—¡Basta! Llévenla al calabozo. ¡AHORA! —rugió Allan, logrando que los guardias me cargaran a toda prisa.

Mientras, pude ver cómo el estúpido *alfa* se agachaba para recoger a Layla, quien estaba tirada en el suelo, frente a él, haciéndose la víctima.

¡Maldita zorra!

Pasaron dos días y Allan no me había sacado de los calabozos, ni siquiera se había asomado. Pía se disculpó miles de veces y me dijo que trató de hablar con Allan, pero que no la quiso escuchar.

Layla se estaba quedando en la casa principal y eso tenía furiosa a mi loba.

«No debería ser la que está aquí encerrada. Todo es culpa de esa perra: ella comenzó todo». Mi mente iba a mil por hora. «Esto no te lo perdonaré, el tenerme encerrada sin tan siquiera escucharme. ¡Y por dos días! No fui la que empezó, pero ten por seguro que lo terminaré».

Inhalé profundo y pude percibir el aroma de Allan muy cerca. Cuando lo olfateé, la puerta del calabozo se abrió y alguien caminó hacia mí. Mi loba estaba lista para saltar y darle su merecido. Me levanté y me preparé para recibirlo. Su aroma siempre me hacía sentir muchas cosas, pero el enojo que tenía en ese momento lo superaba todo. Me acerqué a la entrada de la celda y me llevé una enorme sorpresa al ver quién era.

—¿Tú?...

Capítulo Veintinueve

ALLAN

Saliendo de las barracas, escuché la algarabía de una muchedumbre alrededor de una pelea. Miré a uno de mis guardianes para que fuera a controlar la situación.

—Investiga quiénes son y asegúrate de terminarlo.

—Sí, Alfa —contestó, y se alejó rápidamente.

Me volteé para seguir con la seguridad del perímetro, pero el guardián que envié me llamó:

«¡Alfa, creo que debería venir usted!»

«Eli, te dije que lo soluciones. ¿Acaso...?».

«Disculpe, Alfa, son la chica de cabello turquesa y Layla».

—¡Maldición! —gruñí, dirigiéndome hacia el alboroto a toda prisa.

Le advertí que no causara problemas. Pero ¿dónde diablos estaba Kristan?

Al acercarme y ver a Lúa encima de una loba de ciento cincuenta kilos, tratando de asfixiarla, perdí la cabeza. Me cegué y la agarré por la cintura, apartándola de la loba. Ella, sin pensarlo, me atacó con un golpe bajo. Cuando se dio cuenta de quién era, el arrepentimiento en su mirada se hizo visible. Mi rabia era tan grande que ordené a los guardias que la llevaran al calabozo, sin siquiera dejarla hablar.

Layla estaba herida y acudió a mí, quejándose. La tendría que llevar al hospital y luego me encargaría de Lúa.

Al pasar las horas, me dirigí a la casa. No sabía qué hacer ni qué pensar. Estaba enojado. Por más que le dije que no causara problemas, fue exactamente lo que hizo: atacar a Layla.

—¡¿Acaso está loca?! —Me pasé las manos por el cabello, y la cara de Lúa vino a mi mente—. Sé que debe estar furiosa por haberla encerrado, pero al verla pelear con una loba...

Lo primero que vino a mi mente fue la muerte de mi hermano a manos de ella. No sabía si podría perdonarla y completar el vínculo. Creí que era mejor encontrar una forma de rechazarla sin debilitarme o morir.

Al entrar a mi habitación, me topé con Layla, que estaba acostada en mi cama y solo llevaba puesta la camisa que le puse cuando se transformó.

—¿Qué demonios haces aquí?

—¿Yo? Esperándote, claro —contestó, y se acercó a mí.

—¡Maldición, Layla, te dije que fueras a tu casa cuando salieras del hospital, no a la mía! —Ya me fastidiaba su olor.

—Vamos, Allan, sabes que te gusta cuando estoy cerca para darte cariño. Además, llevas varios días sin ir a mi casa... así que vine a la tuya.

—Layla, te advertí que no volvería a pasar. Necesito que te vayas. Ahora.

—Pero, Allan...

—Pero nada. ¡Lárgate ya!

Layla se acercó y puso una mano en mi pecho, la cual alejé de inmediato, y se molestó.

—Todo es por esa perra, ¿cierto?... ¿Qué? ¿Acaso ella está calentando tu cama por las noches? ¿Es eso, verdad? Ya no me necesitas porque tienes a una maldita p...

Gruñí con furia. Layla se inclinó asustada y mostrando su cuello a modo de sumisión. No quería seguir escuchándola. Si lo hacía, la mataría.

—¡Largo! —rugí.

Layla, con los ojos llorosos y llena de miedo, salió de mi habitación corriendo y gimoteando.

Ya no aguantaba más, necesitaba tomar un baño y sacar toda la ropa de cama con el olor de Layla.

«Tendré que hacer algo con ella, si no, la voy a matar con mis propias manos».

Capítulo Treinta

Lúa

—¿Qué haces aquí? —pregunté, tratando de calmar la furia que emanaba de mi loba.

—Quería ver cómo te encontrabas. Esto te queda, ¿sabes? Estar ahí, sucia y encerrada, mientras Allan y yo lo hacíamos sin parar...

—¡Ja! Sí, claro...

—¿No me crees? ¿Por qué crees que él no ha venido a sacarte? Estuvimos juntos y fue divino. Pronto seré su Luna y tú quedarás en el olvido. Su olor aún está impregnado en mi cuerpo, así que deja de meterte entre nosotros y lárgate de aquí.

—¿Crees que quiero estar aquí? ¡Tu maldito alfa no me deja ir! Y si tanto quieren estar juntos, ¿qué los detiene? Por mí, se pueden pudrir juntos. —Ya me tenía harta, quería salir de ahí y no volver a verle la cara.

—Si de verdad quieres irte, puedo ayudarte. Pero no puedes volver, porque de lo contrario te mataré.

—¡Me encantaría verte intentarlo!

—¿Te irás? —preguntó Layla con ansias.

—Con mucho gusto.

Pasaron dos horas desde que la perra de Layla vino a decirme lo que estaba pasando con ellos. No le creí, pero me ofreció una salida, y la aceptaría. Si seguía ahí, terminaría como Bella en el castillo de la Bestia: enamorada de mi captor.

«Patético».

Solo debía esperar la noche, y uno de los guardias me sacaría de ahí. Vería si de verdad podía lograrlo; al menos serviría de algo la descerebrada.

Allan no había bajado para nada, lo que me hacía pensar que quería dejarme ahí por un largo tiempo.

—¡Qué sorpresa se llevará cuando no me encuentre! —Sonreí sin esfuerzo, imaginándome la cara de rabia que pondría.

La noche se acercaba y con ella un frío infernal. Estaba preparada para salir, solo esperaba que cumpliera con su parte. Yo cumpliría con la mía y no regresaría por voluntad propia. Escuché a lo lejos unos pasos acelerados y una luz tenue que se iba acercando. Inhalé hondo y aguanté la respiración. Estaba ansiosa, y a la vez la adrenalina estaba en su punto más alto. Me sentía emocionada al tener la esperanza de escapar de ese lugar y volver a la isla.

—Shhhh, no hagas ruido. Tan pronto salgas, te espera una chica de cabello negro; su nombre es Bri. Síguela y ella te sacará del territorio sin ser detectada —dijo el guardia de cabello cobrizo, tratando de abrir la celda sin hacer ruido.

—Entendido —respondí.

Salí de la celda y troté por el pasillo del calabozo hasta llegar a la puerta que daba hacia el exterior.

En efecto, una chiquilla de cabello negro amarrado en una coleta y ojos marrones me esperaba mientras miraba a todos lados.

—¿Lúa? —preguntó al sentirme cerca.

—Sí.

—Bien, sígueme sin hacer ruido —me observó de arriba abajo—, y trata de no retrasarte.

Comenzó a correr con la misma agilidad de un felino.

Quedé impresionada con la velocidad de la chiquilla. Se me hacía un poco difícil seguirla sin hacer ruido, ya que se metía por cualquier recoveco que encontraba. Era muy astuta y ligera: perfecta para ese trabajo.

Al llegar al borde del territorio de Allan, pude sentir que mi corazón dolía. Sabía que la loba en mi interior no quería irse, pero no soportaba estar más tiempo ahí. Había tomado la mejor decisión de seguir corriendo sin mirar atrás. Los guardianes custodiaban el perímetro y no entendía cómo podría para salir.

—¿Cómo piensas sacarme con tantos lobos cerca? ¿Y cómo es que aún no nos han detectado? —pregunté a Bri.

Ella sacó un pequeño saco de terciopelo.

—No pueden detectarnos porque tengo esto.

—¿Y eso es?...

—Unas hierbas que pueden ocultar nuestro aroma. Con esto puedo... digo, podemos pasar desapercibidas.

—Okey, eso es realmente útil. ¿Me podrías decir el nombre de las hierbas?

—No —dijo, sin ninguna expresión en el rostro.

—De acuerdo. ¿Y cómo saldremos?

—Tú saldrás; yo los voy a distraer. Solo tienes que seguir el camino recto. Cuando te encuentres con un letrero amarillo, busca una camioneta negra. Está escondida cerca de ahí y las llaves están puestas. Adiós... diría que es un placer, pero no. *Bye, bye.*

—De acu... —No terminé lo que estaba diciendo cuando Bri, en fracción de segundos salió corriendo, haciendo ruido para atraer a los guardianes, quienes mordieron la carnada y fueron tras ella.

Sabía que Allan me buscaría, pero si al menos podía alejarme lo suficiente para que me perdiera el rastro, eso hubiera sido excelente.

Corrí hacia donde Bri me indicó y llegué a una muralla de alambre que dividía el territorio. Gracias a las nuevas habilidades que mi loba me dio, pude escalar muy fácil.

«Pan comido», pensé.

Luego de caer, seguí corriendo por el bosque, adentrándome más y más. Mi corazón estaba acelerado, no sabía si por la emoción de por fin haber escapado o por si de alguna manera me estaba arrepintiendo de haberlo hecho.

«¡No!», dije para mí.

Tenía que seguir y salir de ahí; si me quedaba, terminaría mal, no podía confiar en mi propio juicio. Y de algo estaba segura: no sería prisionera de esa bestia.

A pesar del dolor que me transmitía mi loba por alejarme de Allan, no miré atrás. No iba a permitir que me arruinara la huida solo por ver a través de sus ojos.

Capítulo treinta y uno

Desperté al sentir a mi lobo desesperado y luchando para que lo dejara salir.

«¿Qué demonios sucede?».

La desesperación y rabia me invadían. Algo andaba mal y tenía que ver con Lúa. Me levanté de la cama y salí de la habitación. Una vez fuera de la casa, me dirigí a los calabozos. El frío era infernal, pues ya estábamos en la época de tormentas de nieve y ese año iba a hacer uno muy duro; lo presentía.

Caminé a paso ligero, sin importar que estaba descalzo y sin camisa. La furia que sentía fue suficiente para mantenerme caliente. Los guardianes estaban alertas y en sus puestos, pero al verme de esa manera, los tomó por sorpresa.

—¿Alfa? ¿Sucede algo? —preguntó uno de los que estaba custodiando la puerta principal de los calabozos.

—Abre la puerta —ordené.—Sí, alfa. —El guardián abrió, nervioso.

Bajé las escaleras, y mientras más me acercaba, más se me contraía el corazón. Algo me decía que no la encontraría allí.

«¿Habrá escapado? ¿Cómo? No, no es posible. Alguien me ha traicionado y la tuvo que haber dejado salir».

Cuando llegué a la celda, mi corazón se detuvo al verla abierta.

«No está aquí. ¿Quién pudo ser tan estúpido para traicionarme?».

Me ardía el pecho y sentía a mi lobo desesperado por salir y descuartizar al responsable.

—¡¿Dónde está?! —rugí, y el guardián que me había seguido hincó una rodilla y movió la cabeza hacia un lado, mostrando el cuello.

—Alfa, yo... no sabía que la tenían aquí... Cuando relevé a Caz, di una ronda y esa celda estaba abierta y vacía.

—¡¿Dónde está Caz?!

—No lo sé, salió de turno.

Salí del calabozo y me dirigí hacia la cabaña de Caz, pero un aroma muy conocido se cruzó por mi nariz, haciendo que me desviara y llegara delante de la casa de Layla. No estaba sola. Caz estaba con ella, podía olerlos.

A esas alturas me esperaba cualquier cosa de ella, ¿pero eso? Más que una casualidad, olía a complicidad.

«Tengo que tranquilizarme».

Inhalé hondo y me acerqué a la puerta de la cabaña. Desde afuera se podían escuchar los gemidos falsos de Layla; cosa que me repugnada de solo pensar que estuve con ella.

Agarro la perilla de la puerta y los escuché hablar. Me detuve de inmediato y presté atención.

—Layla, espera, ¿estás segura de que nadie sabrá que...?

—No seas tonto. ¿Cómo podrían? Para cuando se den cuenta de que ella no está, ya estará muy lejos de aquí. Ahora ven y termina lo que empezaste... —dijo Layla; rio y volvió a gemir.

Mi cuerpo temblaba de rabia, se me erizaba la piel. No podía creer lo que acababa de escuchar.

«¡Uno de mis guardianes cometió traición por una noche con Layla! No. ¡Esto no puede ser! ¡¿Qué demonios está pasando?!».

Mi cuerpo no respondía, la mano que estaba en la perilla de la puerta apretaba cada vez más, sentía el metal doblándose y moviéndose, pero no era yo quien lo hacía, era mi lobo, y no me había dado cuenta cuando lo hizo.

«Esto está mal. Si lo dejo tomar el control, los matará y no puedo dejar que eso suceda. Al menos no ahora».

Con la poca fuerza de voluntad que me quedaba, solté la perilla y salí del lugar en busca de mi segundo al mando. Kristan era el único que me podía ayudar a no cometer una locura que terminara en un baño de sangre.

Capítulo treinta y dos

Lúa

Comenzaba a amanecer y el sol alumbraba el camino por el cual transitaba; proporcionando un poco de calor a aquel frío infernal y levantando la neblina que había dejado la noche anterior.

Ya tenía tiempo conduciendo y no había visto letrero alguno. No reconocía el lugar. Al ver un rótulo que decía «CRR 181 R-944», me detuve a un lado del camino para ver si de casualidad había una manera de identificar esos números. Abrí la guantera y rebusqué.

—Vamos, vamos, tiene que haber algo aquí. ¡Ajá!

Encontré un mapa. Salí de la camioneta y lo coloqué encima del capó. Lo estudié para comprenderlo. De verdad no sabía dónde estaba.

—Veamos, aquí está el territorio de los *volkodlaks*...

—¿Lúa? ¡¿Qué haces aquí?! —dijeron a mi espalda.

Por un segundo mi corazón se detuvo al pensar que me habían encontrado tan rápido. Pero al darme la vuelta, volví a la vida. Me llevé las manos al pecho, tratando de detener el golpeteo que sentía.

—¡Louis! Por poco y me das un infarto...

—Lúa, ¿pero en qué lío te has metido ahora? —preguntó con suma preocupación.

—Hablemos en otro lado, no es seguro estar en medio de la carretera —dije, apresurándolo para que se montara en la camioneta.

—De acuerdo, pero no podemos ir a mi casa: la tienen vigilada. Así que déjame conducir y te llevaré a un lugar seguro.

—¿Quién la tiene vigilada?

—Pues ¿quién más? Tu tío, el señor Petroli.

Louis condujo la camioneta por un buen rato y me quedé dormida, ya que no había notado lo cansada que estaba. Desde que estuve con Allan no había podido dormir bien.

—Hasta que por fin despiertas.

—Lo siento, Louis. ¿Dónde estamos? —dije, y al mismo tiempo pensé:

«Esto está mal, mis sentidos no están como antes. Es increíble que me quedara dormida».

—Estamos a las afueras de Qaasuitsup. La familia de mi difunta esposa tiene una cabaña en lo alto de la colina. La mantengo y la uso algunas veces, así que está preparada con lo básico. Podrás quedarte unos días, o los que necesites.

—Gracias. Por favor, no lo tomes a mal, pero ¿por qué me estás ayudando?

—Solo estoy pagando mi deuda contigo —dijo con nostalgia.

—¿Deuda?

—Sí, tú me salvaste y ayudaste a mi esposa en sus últimos momentos. Siempre estaré agradecido.

Me quedé callada, nunca me había puesto a pensar en lo que sentían las personas a las que ayudé en algún momento. Louis fue uno de los suertudos que pudo escapar de las garras de los lobos. Su esposa no corrió con la misma suerte cuando maté al *volkodlak*. Ella fue atacada y no le quedó mucho tiempo, así que me quedé a su lado hasta que dio su último suspiro.

Regresé de mis pensamientos y le dije:

—No me debes nada. Para mí fue un honor haberla acompañado en sus últimos minutos de vida, pero gracias.

La mirada de tristeza que tenía Louis me rompía el corazón. Desde que lo conocí, siempre había sido positivo.

Pero no se veía como siempre, estaba derrotado, triste, cansado. Sabía muy bien que lo que más quería era reunirse con su amada esposa.

—¡Bien, llegamos! —dijo, y estacionó la camioneta en el frente de una hermosa cabaña cuyos alrededores estaban llenos de árboles y una capa gruesa de nieve. Era extraño no sentir el frío como antes.

La cabaña era pequeña, pero se veía acogedora. En el pórtico había una silla mecedora y, junto a ella, una mesita de madera. Desde la ventana se podía apreciar el lugar. Al Louis abrir la puerta, el olor a manzana con canela era fuerte. Desde que tenía una inquilina viviendo de gratis dentro de mí, mis sentidos se habían aguzado, así que mi pobre nariz tendría que sufrir por el momento.

—¡Vaya! Es hermosa —dije, mirando cada detalle.

Había una chimenea de piedras y, frente a ella, un mueble con distintos almohadones y una sábana tejida a mano. En el suelo, una enorme alfombra color caoba le daba esa sensación hogareña. Al otro lado, estaba la cocina y justo detrás estaban las escaleras que supuse daban a la habitación.

—Aquí estarás a salvo —me interrumpió.

—Gracias, Louis... ¿Qué fue lo que te dijeron específicamente?

—Los de la Guardia Roja de los Ancianos me dieron una visita... Fue hace como una semana y media. Me dijeron que si te veía tenía que informarles de inmediato. Cuando les pregunté qué había pasado, solo dijeron que eras una traidora y que habías asesinado a un *vurdalak* de tu equipo.

—Entonces eso es lo que están diciendo...

—Lúa, ¿qué fue lo que pasó?

—Dmitri... Él fue quien me traicionó. Me vendió a los *volkodlak* como si fuera un pedazo de carne. Los dejó entrar al territorio para que me llevaran. Gracias a él, es que estoy aquí y pasando por todo esto.

—¿Y qué piensas hacer?

—Debo llegar a Rusia de alguna manera. Es más que obvio que no puedo regresar a la isla, pero necesito contactar a Zak, sea como sea.

Louis se quedó pensativo por unos segundos.

—Te puedo conseguir un barco, pero... será muy peligroso, incluso para ti.

—Tranquilo, puedo cuidarme muy bien.

Esa noche la pasé mal. No paraba de pensar y la loba no me dejaba en paz. Ella solo quería salir, correr y llegar hasta Allan, pero no lo iba a permitir. No volvería, no pertenecía en ese lugar, pero... tampoco con Zak...

Adónde... ¿adónde pertenecía? El cansancio me fue ganando la batalla y por fin pude descansar unas horas antes de partir a Rusia.

Aún no sabía a lo que me enfrentaría, pero fuera lo que fuera, estaría preparada.

Capítulo treinta y tres

Habían pasado varias semanas y no sabía nada de Lúa. «¿Estará viva? Conociéndola, me imagino que sí, pero siendo presa de esas bestias... Si se enteran quién es en realidad, de igual manera estará en peligro».

Me había roto la cabeza tratando de averiguar dónde, dentro del territorio de ellos, estaría. Pero lo cierto era que es demasiado grande. Sin los recursos necesarios, haciéndolo sin ayuda y a espaldas de mi abuelo, habría sido difícil.

Necesitaba saber algo de ella, esa desesperación me estaba matando. Los asesinos de la Guardia Roja estaban en acción y no tardarían en traer noticias; o el cadáver de Lúa.

Cerré el libro que estaba leyendo y lo coloqué en la mesa. Me levanté y me acerqué a la ventana para abrirla. No había luna, ni iluminación, pero para nosotros eso no era problema. La nieve caía en gran cantidad. Ese invierno iba a ser muy frío, y esa manta blanca cubriría todo rastro que Lúa hubiera dejado, si es que alguna vez hubo uno...

—Disculpe, joven, el señor Petroli lo solicita —dijo Lúcas, interrumpiendo mi monólogo mental.

—Gracias. Enseguida bajo.

Esas últimas semanas mi abuelo las pasó en su oficina, algo lo tenía preocupado y yo sabía lo que era. El hecho de no saber con certeza si Lúa estaba muerta o viva. Se avecinaba una guerra con los *volkodlak* y no había manera de saber quién ganaría.

—Zak, necesito que vayas a Rusia e investigues qué ha pasado con los de la Guardia Roja —dijo mi abuelo al sentir mi presencia en su despacho. Sin despegar la mirada de los documentos ante él, me lanzó un sobre—. Entrégale esto a los Ancianos y anuncia mi llegada. Estaré allí en una semana.

—De acuerdo. Abuelo, ¿estás seguro de lo que quieres llevar a cabo? Comenzar una guer…

—Hemos estado en guerra por siglos y esta no será diferente; eso te lo aseguro —me interrumpió.

Suspiré hondo y me retiré para preparar mi viaje a Rusia.

—Una cosa más, Zak: te acompañará el antiguo equipo de Lúa. No menciones nada sobre lo de Dmitri. ¿Entendido?

—Sí.

Aunque quisiera olvidar ese día, no podría: el cuerpo cambiante de mi abuelo era algo de temer. Había escuchado de algunos Ancianos que lo podían hacer, pero jamás había visto a mi abuelo hacerlo completamente. Todos culpaban a Lúa por la desaparición de Dmitri, pero lo cierto era que fue él quien la traicionó.

Cuando subí a mi habitación, me encontré con Ashlyn sentada en mi cama.

—¿Qué haces aquí? —pregunté sin mostrar mucho interés.

Desde que Lúa desapareció, estuvo persiguiéndome para saber qué le hice. No la culpaba. De su equipo, ella era la única que podría llamarse su amiga.

—Lúcás me dejó entrar. Nos dieron una nueva misión. ¿Quieres saber cuál es?

—No.

—Pues cuidar tu pequeño y redondo trasero en Rusia.

—Puedo decirle al Abuelo que me dé otro equipo, así no tendrás que ver este trasero bien formado.

—Solo date prisa. Jasha y Borris nos esperan en el puerto —dijo, levantándose de la cama, y se retiró sin decir más.

Dejé el sobre en la maleta con toda la ropa y salí de la habitación. Ashlyn me esperaba en la puerta de entrada con los brazos cruzados y una mirada no muy amigable. Estaba seguro de que pensaba que le había hecho algo a Lúa y a Dmitri.

Capítulo treinta y cuatro

A la mañana siguiente, la nieve había cubierto la camioneta. Sabía que hacía frío, pero mi cuerpo no lo procesaba. Me sentía caliente, y solo llevaba una camiseta con mangas largas y un jean azul, las botas y una chaqueta de cuero de la esposa de Louis.

La loba aullaba en mi interior y suplicaba que la dejara salir. Pero gracias mi entrenamiento con los *vurdalak* pude mantenerla bajo control.

No fue fácil, aunque tampoco imposible. No dejarla salir me daba terribles dolores de cabeza. Miré la taza de café que sostenía, la cual estaba vacía.

«¿Cuándo me lo tomé?». Ya no prestaba atención a lo que hacía, solo a mis alrededores. Me tenía en alerta eso de estar ligada con alguien y que él supiera dónde podía estar.

—Buenos días, Lúa —dijo Louis, haciendo que dejara caer la taza de café.

—¡Louis! Lo siento mucho, lo limpiaré enseguida.

—Tranquila, no es nada. Lamento asustarte, estabas centrada en tus pensamientos.

—Sí, tengo que ir a Rusia y no sé cuántos de la Guardia estén ahí.

—Puedo ayudarte a subir a un barco de carga. Cobraré un favor o dos.

—Gracias, Louis.

Esa noche, Louis habló con un viejo amigo, que consiguió poner mi nombre en la lista de empleados que deberían estar abordo. Iría a Rusia y luego tendría que conseguir quien me llevara a la isla.

Todo tenía que ser una equivocación, los malditos *volkodlak* tenían que estar detrás de todo lo que estaba pasando. Mi cabeza me estaba matando, la loba quería salir y yo la ignoraba. El problema de eso era que cada vez incrementaba la urgencia de liberarla. No sabía por cuánto tiempo podría contenerla. Y el maldito de Allan, que no dejaba de aparecer en mi mente, no ayudaba a mi situación. Tenía que ver a Zak y terminar con ese apego.

—Lúa, es hora. Sandrof tiene la lista y te dejará entrar. Cuando llegues a Rusia, recuerda que te están buscando y no tendrás una buena acogida. Cuídate mucho —dijo Louis, con un semblante preocupado.

—Gracias. No sé cómo pagarte…

—No te preocupes, estamos a mano. Solo cuídate.

Las potentes bocinas del buque anunciaron que estaba pronto a partir. Me despedí de Louis y caminé hacia la rampa de subida. Una vez me revisaron y me encontraron en la lista, pude abordar. Fui a la cubierta superior y de ahí seguí mirando a Louis, que se despedía.

Sonreí sin esfuerzo, y en cuestión de segundos, una sombra se acercó a la espalda de Louis sin que él se diera cuenta. Mi sorpresa fue tanta cuando pude ver qué era un *vuldarak*. Aquel uniforme negro táctico, encapuchado, más allá de parecer *ninjas*, se veían como una versión gótica de *Assassin's Creed*.

La imagen del escudo de los Ancianos resplandecía en su pecho, típico de la Guardia Roja. Mi corazón se contrajo y comencé a gritarle a Louis, pero ya era demasiado tarde. Ese maldito lo agarró, lo volteó y, esbozando una sonrisa, acercó sus colmillos al cuello de mi viejo amigo. Vi cómo le succionaba la vida y no podía hacer nada desde donde estaba. Solo me quedó mirar y arrepentirme de haber aceptado su ayuda. Si no me hubiera ayudado, aún estaría con vida.

El maldito terminó de alimentarse y me volteó a ver. Agarró la cabeza de Louis y la giró con fuerza, haciendo que se desprendiera de su cuerpo y que este cayera sobre su propia sangre; luego lanzó la cabeza al mar. Mi ira era tanta que casi liberé a la loba. Pero no podía permitirlo, ya estaba hecho. Al menos Louis descansaría en paz y se reuniría con su esposa.

Iba a llegar al fondo de todo eso. Si mi tío de verdad envió a la Guardia por mí, eso solo significaba una cosa.

Me quería muerta.

Con el pasar de los años he aprendido a endurecer mi corazón. Las muertes de civiles se toman como lo que son: daños colaterales. Sí, me dolía la pérdida de Louis. Fue una gran persona y un gran amigo, pero no podía lamentar su muerte. Debía seguir, descubrir qué demonios sucedía conmigo y saber por qué mi tío me quería muerta.

El claxon del buque anunció nuestra llegada a la bahía de Kola. El lugar se veía igual que otros puertos, pero había algo extraño, diferente. Volteé hacia una de las tiendas cercanas y vi a uno de los de la Guardia Roja viendo a todos lados, buscando algo o a alguien.

Si quería pasar desapercibida, necesitaba camuflarme. Busqué ropa de uno de los trabajadores y me cambié para poder salir del barco. Cuando puse los pies en la tierra, luego de estar tanto tiempo en el mar, me sentí aliviada. No importaba lo que los demás dijeran, nunca me acostumbraría a estar en un barco.

Caminé varios minutos y un hombre me detuvo, jalándome la chaqueta. Tropecé, mi sombrero cayó al suelo y dejó al descubierto mi trenza.

—Ahoy, compañero, el jefe te busca… ¡Oh, lo siento! Pensé que eras otra persona —dijo, y se retiró.

Pero ya el daño estaba hecho. Los de la Guardia, que estaban merodeando, se detuvieron y me vieron. Todo mi ser se estremeció al sentir sus miradas. Sabía que tenía que actuar con rapidez. Me buscaban, y no tenía mis armas, así que salí a toda prisa.

—¡Mierda!

Dos guardias me siguieron hasta llegar a un edificio abandonado, donde pude esconderme. Odié sentirme indefensa. Miré a mi alrededor y vi en el suelo un pedazo de hierro. Lo agarré y esperé por ellos. Mis instintos estaban en alerta y la loba no dejaba de presionarme para salir. Eso afectaba mi concentración, y en ese momento me jalaron hacia atrás y me lanzaron por el aire, haciendo que todo mi cuerpo chocara contra una pared. Sacudí la cabeza y vi a uno de los guardias echarse sobre mí, lo cual evité con una agilidad increíble. Sentí mi cuerpo listo y con mucha adrenalina. Los *vurdalak* usaban una capucha negra con el emblema de la Guardia Roja. Ambos me rodeaban, esperando y analizando mis movimientos.

Los conocía muy bien, había entrenado con muchos de ellos. Uno se lanzó, con daga en mano, y por más que traté de evadirlo en varias ocasiones, llegó a cortarme en distintos lugares del cuerpo. Mi brazo sangraba mucho y eso los enloquecía; se podía ver en sus ojos. Querían desangrarme y matarme en el transcurso.

No aguanté más la presión que mi loba ejercía y la dejé salir. Mi cuerpo se estremeció y el dolor en los huesos, al romperse y volver a formarse, era insoportable. El pelaje blanco cubrió todo mi cuerpo, y los colmillos que salían de mi enorme hocico hacían que los *vurdalak* dudaran en si atacarme o salir corriendo. No los culpaba, la maldita loba era enorme comparada con otros.

Vi a través de ella, pero esa vez no me sentía sin control; al contrario, sentía poder. Era como si fuera ella, una sola. Los *vurdalak* no perdieron el tiempo y con sus armas nos atacaron, pero la loba era rápida y ágil. Esquivó todos sus ataques y a la misma vez atacaba. Logró agarrar a uno de ellos y arrancarle la cabeza. El otro escapó, pero sin un brazo.

Pasaron varios minutos y comprendí que no volvería al menos que tuviera refuerzos.

Me quedé. Mi loba se estaba calmando y recuperé el control de mi cuerpo. Cambié de forma y tomé la ropa del *vurdalak* muerto para no estar desnuda. Seguí caminando sin dejar de ver a todos lados para no ser descubierta por los de la Guardia. Avancé unas cuantas cuadras, pero tropecé con alguien conocido.

—¡Borris!

—Lúa, ¿eres tú? Te ves terrible.

Estaba solo, algo extraño, pues mi equipo siempre estaba unido. Vio a todos lados y me jaló hacia un callejón sin salida. Rápidamente entré en pánico y me alejé de él.

—Si vas a matarme, mejor piénsalo dos veces —advertí, lista para atacar.

—No te haré nada, al menos no ahora. Tenemos una tregua que pienso cumplir hoy, pero si te volviera a ver, sería diferente. Imagino que quieres hablar con Zak.

—¿Está aquí?

—Sí, se está hospedando en las afueras del pueblo. Mañana verá a los Ancianos y supongo que será por ti. Si quieres hablar con él, yo iría ahora que está solo. El equipo está en el pueblo buscando provisiones y no volverán hasta mañana.

Lo miré extrañada, dudaba de sus intenciones.

—¿Por qué me ayudas? —pregunté, mirándolo con fijeza.

—Solo honro nuestra tregua.

—Gracias, Boris… Y aunque no me lo preguntes, te lo diré: no maté a Dmitri. Él me vendió a los *volkodlaks* a cambio de la vida de Zak.

—Sabíamos que no fuiste tú, pero ya no eres uno de nosotros y no serás bienvenida en la isla. Tu cabeza tiene precio, y uno muy alto.

Inhalé hondo y me despedí de Boris. Agradecía que mantuviera la tregua que hicimos, pero sabía que eso no volvería a suceder. Boris se despidió y continuó su camino. Seguí sus indicaciones y llegué a una casa a las afueras del pueblo.

Inhalé y el aroma de Zak llegó a mí; sabía que estaba adentro, y solo. Me acerqué a la puerta de entrada y la abrí con cuidado. Al subir las escaleras, sentí su presencia; su olor era diferente a como lo recordaba. Antes su perfume me excitaba y me embriagaba, pero ahora me desconcertaba. Su presencia era más fuerte detrás de la puerta de caoba. La abrí un poco y escuché el sonido de una escopeta.

—¿Zak? No dispares, soy yo, Lúa.

—¡Lúa!

Escuché cuando dejó caer el arma y corrió hacia la puerta, abriéndola de golpe, y me envolvió en un abrazo. Respondí a su gesto, pero algo en mí había cambiado. Ya no deseaba su cercanía. Sin entender muy bien mis sentimientos, lo alejé con lentitud y vi cómo sus facciones cambiaron de alivio a confusión.

—¿Cómo has estado? ¿Qué ha pasado para que Tío me quiera muerta?

Las preguntas salieron sin forzarlas y lo tomaron por sorpresa. Se aclaró la garganta y se volteó para sentarse en la cama.

—Pensé que estabas muerta. ¿Cómo es que te han dejado viva?

—No contestes con otra pregunta.

—Veo que has cambiado, porque ya no ocultas tus hermosos ojos.

—Zak, no te regodees y dime la verdad.

Suspiró y luego dijo:

—Sabes que Dmitri te vendió a ellos…

—Lo sé. ¿Qué tiene que ver eso con que Tí… Petroli me quiera muerta?

—Primero, escúchame, ¿de acuerdo?

Le hice señas para que continuara y me senté en una silla frente a él.

—La primera vez que te vi, no fue en la isla. Estábamos aquí esperando a que llegaran unas brujas. Recuerdo que brillabas como una estrella, eras una bebé para ese entonces. Mi abuelo llamó al aquelarre para que hicieran un ritual esa noche, el cual te haría humana. Se suponía que matarían tu lado bestia. El hermano de mi abuelo te llevaría lejos para que los *volkodlaks* no te encontraran. Recuerdo que, cuando hacían el ritual, apareció una luna roja, llevándose así el espíritu de tu lobo.

—¡¿Me estás diciendo que en realidad soy un *volkodlak* y no mitad *vurdalak*?! ¡¿Qué mis padres no eran mis padres?! ¡¿Qué he matado a los de mi raza todo este tiempo?! —El tono de mi voz incrementaba con cada pregunta.

Estaba enojada, dolida, no quería creerlo. Todavía tenía una pequeña esperanza, muy dentro de mí, de que todo fuera una artimaña por parte de los *volkodlak*.

—Escucha, solo era un niño y no entendía mucho. Solo me dijeron que tenía que protegerte.

—¿Protegerme? ¡¿Es en serio?! ¡Tú sabías quién era y nunca me lo dijiste!

—No podía. Si lo hacía, Abuelo me mataría. Él no estima cuando alguien se le cruza en su camino. ¿Quién crees que le dio la ubicación de su hermano a los lobos?

—¿Mató a su… propio hermano?

—Sí.

Lo miré a los ojos y pude ver el arrepentimiento por no habérmelo dicho. No podía creer que lo que la bruja me dijo fuera cierto: Petroli mató a mi madre. Él tenía que pagar por todo lo que había hecho.

Mi loba estaba a punto de salir y la ira me estaba ganando. De mis dedos salieron garras, cerré los ojos y traté de controlarme. Zak se levantó de la cama y me agarró con fuerza al abrazarme, pero eso empeoró la situación. Mi loba no soportaba la cercanía y lo quería lejos de mí. Respiré y relajé un poco el cuerpo, recuperando el control. Algo rozó mi cabeza, me alejé y me sorprendí al ver el collar de rubí. Creía que lo había perdido.

—¿Dónde lo encontraste? —pregunté.

—Lo encontré en el suelo, cuando volví al lugar donde te secuestraron. —Se lo quitó y me lo dio.

Negué con la cabeza y traté de devolverlo.

—No puedo quedármelo. Yo… no soy como antes. Ahora soy uno de ellos, una *volkodlak*. Lo que me quitaron volvió a mí la noche del eclipse lunar.

—No importa. ¿Recuerdas lo que te dije? Solo se lo daré a la persona que esté en mi corazón, y tú siempre estarás ahí. Te amo incondicionalmente.

Sus palabras me dolieron, ya no podía estar con él. Lo sabía bien, y él también. Lo abracé con fuerza, a pesar del desagrado que la loba me hacía sentir. Luego de unos segundos abrazándolo, un gruñido seguido de un rugido se escuchó en la habitación. Me separé con rapidez al reconocerlo.

—¡Mierda! No puede ser.

Capítulo treinta y cinco

ALLAN

Todo en la manada se estaba saliendo de control. Kristan me ayudaba a mantenerme cuerdo, ya que, al Lúa no estar cerca, mi lobo estaba fuera de control. Los días pasaban y con ellos la esperanza de verla. Layla y Caz estaban encerrados por traición, serían ejecutados en la próxima luna llena. Todos sabían que la traición se pagaba con la vida. Necesitaba traer a Lúa de vuelta y romper el lazo o aceptarlo. No creí que pudiera durar bajo control por mucho tiempo.

—Allan, llegaron los alfas —dijo Kristan, abriendo la puerta de mi despacho.

—Llévalos al salón. Tendré que decirles quién es ella en realidad y optar por una solución rápida, antes de que mi lobo salga.

—Sí, Alfa.

—Esto será divertido —dije para mí, al salir y cerrar la puerta.

Los alfas y sus betas estaban sentados alrededor de la mesa cuadrada de madera. Kristan estaba parado junto a mi silla. El aura del salón estaba pesada y podía ver la cara de incredulidad de alguno de ellos.

«Imagino que alguien les habrá dicho que Lúa escapó».

Llegué a mi lugar, a la cabeza de la mesa, y me senté.

—Bienvenidos —saludé.

—No sé cómo pudiste contenerte, pensé que les arrancarías la cabeza al alfa de Inlandsis —dijo Kristan, sentado delante del escritorio de mi despacho.

—Sí, estuve cerca, pero no quiero empezar una pelea con otras manadas por una mujer.

—Vamos, hermano, Lúa no es cualquier mujer. Ella es la loba de la profecía y tu compañera de vida.

—Lo sé, no me lo tienes que recordar cada maldito segundo.

—¿Cuándo irás por ella?

Me quedé pensativo, de verdad no tenía idea de dónde podría estar. Al no completarse el lazo, todavía no teníamos esa conexión. Sé que no estaba en nuestro territorio, porque podía sentirla vagamente.

—Tendré que llamar a una de las brujas, para que me transporte donde Lúa.

—¿Quieres decir que volvió con los *vurdalak*? —preguntó Kristan, sorprendido.

—No lo sé, no lo creo; ellos la quieren muerta. Pero sé que no está cerca.

—De acuerdo, Alfa, las llamaré enseguida —dijo Kristan, y se retiró, cerrando la puerta para dejarme solo.

Las imágenes de la reunión volvieron a mi mente.

Los alfas y sus betas estaban sentados y hablando a la misma vez. Mi cabeza no aguantaba la presión que mi lobo estaba ejerciendo para salir y buscar a Lúa.

—¡Basta! —rugí, y todos callaron—. Sé que todos están alterados, pero necesito que se calmen para discutir esto.

—Allan, ¿cómo demonios dejaste que se fuera? —dijo el alfa de Watkins.

—Esto es tu culpa al haber votado por dejarla vivir. Teníamos que matarla esa noche. Si lo hubiéramos hecho, no estaríamos en esta situación —dijo el alfa de Inlandsis.

—Lo hecho, hecho está. Ahora, ¿qué es lo que vamos a hacer? —preguntó el alfa de Peary.

—Antes de decidir, necesito decirles algo de suma importancia. —Alcé la voz para que todos escucharan—.

Lúa, o la Cazadora, como ustedes la conocen, es en efecto la loba de la profecía. —Todos se quedaron en silencio—. Lo confirmé cuando una bruja del aquelarre de Giona vino a auxiliarla.

—No puede ser posible… —dijo el alfa de Gunnbjörn.

—La diosa no puede ser tan cruel… Ella ha matado a cientos de nosotros, ¿y estás diciendo que ella es una de las nuestras?! —dijo el alfa de Inlandsis, levantándose de su silla y con los ojos iluminados dejó que su lobo se sintiera.

—Sí, y aún hay más. La diosa la ha escogido para ser la Luna de esta manada —alcé aún más la voz, y en ese momento todo se descontroló.

El alfa de Inlandsis y el alfa de Laffin no aguantaron su ira y dejaron salir a sus lobos; sus betas les siguieron. Los otros alfas todavía estaban procesando la información cuando el alfa de Inlandsis se trepó en la mesa y corrió hacía mí. Kristan ya se había transformado y lo interceptó antes de que llegara.

El caos que no quería había comenzado. Mis guardianes entraron y se encontraron con la conmoción, pero antes de que se terminara de salir de control, rugí. En cuestión de segundos, todos estaban quietos y callados. Mi lobo se hizo presente, y a pesar de que éramos alfas de distintas manadas, el de mayor poder era el que dominaba. Y en ese momento era yo

Lúa era una alfa, eso lo tenía claro, y al ser mi pareja, aunque no hubiéramos sellado el lazo, ya compartíamos parte de nuestras esencias.

Los obligué a calmarse y los alfas regresaron a sus lugares.

—¿Cómo pudiste adquirir tal poder? —preguntó el alfa de Gunnbjörn.

—Les dije que Lúa es la loba de la profecía y mi compañera de vida. Compartimos poder.

—O sea, que… ya la aceptaste. No veo marcas en ti —dijo el alfa de Samersooq.

—No la he marcado todavía, pero pronto lo haré —dije, para que no hubiera confusión y alguno de ellos quisieran venir a reclamarla.

—Pues si ya tiene el perdón y la bendición de la diosa, yo no soy nadie para diferir del destino. Algo bueno tiene que salir de esto —dijo el alfa de Peary, que se levantó y se despidió.

—Te deseo suerte, Allan; la vas a necesitar —se despidió el alfa de Watkins.

—Gracias.

Los demás alfas se despidieron y se retiraron con sus betas. Solo quedó el alfa de Inlandsis.

—No creas que esto se queda así, Allan. Si de verdad es ella la de la profecía y la que la diosa escogió para ti, pues, lo aceptaré... solo cuando mi cuerpo se esté pudriendo bajo tierra. Mientras tanto, cuídate la espalda.

—Cuando quieras y donde quieras —dije, sin despegar mi mirada de él.

Volví de mis recuerdos cuando llamaron a la puerta.

—Alfa, la bruja llegó.

—Perfecto, déjala pasar.

La puerta se abrió y una dama de cabello cobrizo entró. Inclinó la cabeza a modo de respeto.

—Muy buenas tardes, Alfa. ¿Adónde quiere que lo lleve?

Saqué de mi cajón un pedazo de tela rota y manchada de sangre.

«Sabía que esto me serviría algún día», pensé.

Se lo entregué a la bruja.

—Llévame donde está la dueña de esta prenda.

—Con mucho gusto —dijo, sonriendo al recibir el pago.

«Voy por ti, Lúa».

Capítulo treinta y seis

Lúa

Mi corazón estaba acelerado, no podía pensar bien. Lo único que pude hacer fue separarme de Zak justo cuando una fuerza sinigual se abalanzó sobre él. El enorme lobo gris atacaba a Zak, quien se defendía con la escopeta que recogió del suelo.

No podía moverme, estaba congelada, veía todo en cámara lenta. No podía comprender cómo demonios Allan me había encontrado tan rápido. No era posible.

Mi loba trataba de salir, pero mi mente estaba bloqueada. El lobo gris estaba encima de Zak, trataba de arrancarle la cabeza; pero él, con su fuerza, lo lanzó a través del cuarto, chocando con la pared y derribando todo lo que había en las paredes. Allan volvió a levantarse y corrió hacia Zak.

Sacudí la cabeza y regresé al presente, les grité, pero ninguno de los dos se detuvo. Ambos me estaban colmando la paciencia.

—¡BASTA YA! —grité, y el suelo comenzó a temblar, haciendo que todos nos tambaleáramos.

Me levanté y caminé hacía ellos, quienes ya estaban a punto de volver a pelear. Me interpuse entre ambos, y Allan se volvió a transformar, dejando ver su cuerpo desnudo. Recogí una sábana del suelo y se la lancé.

—Al menos cúbrete —pedí.

—¡¿Quién es ese?! —preguntó Zak, agitado, y se posicionó detrás de mí; algo que Allan tomó muy mal y comenzó a gruñir.

—¡Basta, Allan! —Me volteé y vi a Zak—. Él es el *volkodlak* a quien me vendieron...

—¡Soy Allan, alfa de la manada Luna Azul! ¡Ella... —me agarró del brazo y me colocó frente a él—... es mía!

Capítulo treinta y siete

ALLAN

No pude detener a mi lobo. Recuerdo haber visto rojo. Lúa estaba en brazos de esa maldita sanguijuela. Lo quería muerto.

«Ella es mía y nadie puede tocarla así».

Mi lobo rugía de furia y en cuestión de segundos ya estaba encima de él. Cuando Lúa impidió que lo matara, hice lo que no quería hacer en ese momento: la reclamé como mía y la saqué de la habitación. La arrastré por las escaleras, y antes de que saliéramos por la puerta principal, Lúa me gritó y trató de zafarse.

—¡Suéltame! ¿Qué demonios haces?

—¡Basta! Dije que nos vamos. ¿Qué no entiendes?

—¡Espera un momento! ¡Estaba despidiéndome de Zak! —dijo, cuando la solté.

—No me importa, tenemos que volver; Lara nos espera.

—¿Quién?

—Lara, la bruja que me trajo y me está cobrando cada maldito segundo que la hacemos esperar. Así que vámonos.

Lúa me miró incrédula y caminó hasta la puerta, sin decir nada. Luego, se volteó y me miró fijamente.

—¿Quién crees que eres? —preguntó.

—¿Disculpa?

—¿Acaso crees que soy de tu propiedad? ¿Que puedes decirme qué hacer y que me someta a tus deseos?

—Eeeh… —Su cambio me tomó por sorpresa. Pensé que había sido más que obvio—. Eres mi…

—¡Tu nada! ¡Estuviste con Layla, en tu casa! ¿Crees que soy tu segundo plato? ¡YO no soy el segundo plato de *nadie*! ¿Entiendes?

Mi lobo estaba eufórico. Su manera de hablarme me enojaba y a la vez me excitaba. No había mejor manera de ponerlo. Quería abrazarla, besarla y tomarla en ese momento. Salí de mi modo estupefacto y me acerqué a ella, agarrándola por la barbilla con fuerza.

—¡Tú eres mía, ahora y siempre! Más vale que te vayas haciendo a la idea. Cuando volvamos, completaremos el lazo y te quedarás a mi lado para siempre.

Sacudió mi mano y se alejó de mí. Pero sentía la lujuria que emanaba de su cuerpo.

—Ahora sí que perdiste la cabeza. ¿Acaso te golpeaste con la pared?

Lara gritó desde afuera, apresurándonos. Lo que hizo enfurecer aún más a Lúa. Resopló y salió de la casa. Todo ese tiempo que estuvimos discutiendo, el maldito vampiro estaba viéndonos, pero lo más sensato que pudo hacer fue no intervenir. La próxima vez que lo viera, lo mataría y Lúa no podría hacer nada para impedirlo.

La bruja trazó unas runas en el suelo. Nos colocamos en el centro, y al ella cantar, nuestro alrededor comenzó a cambiar, y en cuestión de segundos estábamos de vuelta en las tierras de mi manada.

Kristan esperaba frente a mi despacho, en la casa principal. Lo vi preocupado y le pregunté qué había sucedido, a lo que, por su mirada, no creí que fuera algo bueno. Los malditos problemas se seguían acumulando.

—Alfa, el padre de Lúa ha llegado y quiere llevársela.

—¿Quién? —preguntó Lúa, y me miró confundida.

—Haz que pase, hablaremos aquí.

Capítulo treinta y ocho

Lúa

Kristan —el segundo al mando de Allan— salió del despacho y volvió con un hombre. Su apariencia de guerrero musculoso era impresionante: era más alto que Allan, de cabello y barba negros. Me parecía haberlo visto antes. Entonces recordé la foto que me entregó Petroli cuando me dio la misión de rescatar a Zak. Era el hombre que aparecía de espaldas en esa foto.

Mi corazón se detuvo por un segundo cuando vi sus ojos. La ira se apoderó de mí y perdí el control. Sin darme cuenta, ya estaba sobre él enterrando mi daga en su pecho.

El rencor y el odio que llevaba guardados por tantos años hicieron erupción en mí, expulsando un grito salvaje.

—¡Muere, desgraciado! ¡Por fin tendré mi venganza!

La sangre comenzó a brotar por la herida, y el verla me causó un sentimiento de satisfacción. Esbocé una sonrisa triunfante, hasta que sentí que me jalaron y me sacaron de allí.

Aquel hombre fornido cayó hacia atrás, con una expresión de asombro, y Kristan, aterrado, lo agarró antes de que tocara el suelo. Ya no me importaba dónde me encontraba, sabía que había matado a uno de sus alfas. Lo más seguro era que con eso me ejecutaran, pero cumplí mi venganza.

Allan me agarró fuerte y me sacó del despacho, llevándome a la habitación. Se escuchaba un caos detrás de las puertas, era como un eco. Allan seguía gritando, pero no podía entenderlo.

—¡¿Qué demonios te pasa?! ¡Lúa…! ¡Tu padre…!

—¡Él es el asesino de mis padres, el maldito que me ha estado acechando en mis sueños durante años! —grité, y lo miré con fijeza, sintiéndome victoriosa.

Al fijarme en su rostro, sus facciones me hicieron sentir inquieta. Su mirada estaba centrada en mí, estaba perturbado. En realidad, no comprendía por qué me miraba así. Yo estaba eufórica, por fin había matado al lobo de los ojos color ámbar.

—¡Lúa, ¿qué demonios hiciste?! ¡Ese era tu padre!

—¿Qué dices? ¡Él mató a mi pa…!

—¡No, Lúa! Él es tu verdadero padre.

—¿Qué? No. ¡No es posible!

Todo se quedó en silencio. Mi corazón palpitó con fuerza, lo escuchaba en mis oídos como el sonido grave y resonante de un tambor. No podía creer que lo que Allan decía era verdad.

Un aullido de lamento comenzó a brotar de mi corazón, y el aroma de aquel hombre, que yacía moribundo tras esas puertas, llegó hasta mí y despertó varios recuerdos. Era la confirmación de mi espíritu lobuno de que aquel hombre sí era mi padre.

Ahí, en ese instante, entendí lo que había hecho. Miré a Allan con espanto, y sus ojos me devolvieron una mirada de lástima. Perdí las fuerzas de mis piernas y caí de rodillas. Solo pude mirar el suelo, donde cayeron un par de mis lágrimas.

—¿Qué hice?…

TE COMPARTIMOS
EL PRIMER CAPÍTULO

DEL

LIBRO 2

Capítulo uno

ZAK

Miraba por la ventana cómo el gélido viento golpeaba las ramas de los árboles. Las huellas de las runas que se llevaron consigo a Lúa comenzaban a ser borradas por la nieve. Tras un profundo suspiro cargado de melancolía, caminé hacia la cama y me tiré en ella, permitiendo que mi mente divagara entre los recuerdos…

Un olor a *volkodlak* invadió la casa. Solo era uno, no percibía a más de ellos.

«¿Será que alguno se perdió y busca refugiarse del frío? No, el olor a *vurdalak* lo alejaría de inmediato», pensé.

La esencia se sentía cada vez más fuerte. Agarré la escopeta y la cargué, esperando el momento en que abriera la puerta. «Será lo último que haga en esta existencia».

—¿Zak? No dispares, soy yo, Lúa —dijo la voz detrás de la puerta.

Mi cuerpo se paralizó al reconocer su voz. Temí que la hubieran matado, aunque siempre tuve la esperanza de que estuviera con vida.

—¡¿Lúa?!

Dejé caer el arma, corrí hacia la puerta y la abrí de golpe. Al verla allí parada la envolví en un abrazo. Su reacción me extrañó, de momento me abrazó con fervor y luego sentí como si quisiera alejarse. No lo comprendí hasta que sentí su olor, y entendí qué le habían hecho algo.

Se separó, tomándome por sorpresa su cambio de actitud y comenzó a bombardearme con preguntas.

—¿Cómo has estado? ¿Por qué el tío me quiere muerta? —preguntó.

Aclaré la garganta y me senté en la cama. Luego de explicarle lo que había sucedido, me levanté y le coloqué el collar de rubí que había dejado atrás el día que se la llevaron. Ella lo miró con nostalgia y negó con la cabeza:

—No puedo quedármelo. Yo... no soy como antes. Ahora soy una de ellos, una *volkodlak*. Lo que me quitaron volvió a mí la noche del eclipse lunar.

Sus palabras me dolieron, sabía que no podíamos estar juntos. Pero no importaba lo que dijera, ella siempre sería la mujer que habitaría mi corazón.

—¿Recuerdas lo que te dije? Solo se lo daré a la persona que esté en mi corazón, y tú siempre estarás ahí. Te amo incondicionalmente.

Me abrazó con fuerza, dejándome entender que aquella sería nuestra despedida.

De nuevo percibí el olor a *volkodlak*, pero este era diferente al de Lúa. Ya era muy tarde, estaba allí, frente a nosotros. El hombre fornido parado en la puerta me miraba con furia, su cuerpo irradiaba ira, y sus ojos verdes brillaban. Gruñó y soltó un rugido. Lúa se separó de mí, mirando al recién llegado.

—¡Mierda! No puede ser —dijo sorprendida.

Donde estuvo el hombre segundo antes, había una enorme bestia gris mostrando sus colmillos. De inmediato agarré la escopeta y el lobo se lanzó sobre mí. A pesar de mi gran fuerza y rapidez, el lobo logró alcanzarme. Me tenía atrapado en el suelo, tratando de llegar a mi cuello. Sabía que quería arrancarme la cabeza, pero no se la puse fácil. Lo quité de encima y lo lancé hacia la pared. Logró evadir mis disparos, pero acerté una vez en su pata trasera.

Estaba cargando para disparar de nuevo, pero me detuve cuando escuché el grito de Lúa y sentí que el suelo comenzó a temblar.

—¡BASTA YA!

Lúa se interpuso entre ambos, y el maldito *volkodlak* se volvió a transformar, quedando desnudo. Lúa recogió una sábana del suelo y se la lanzó.

—Al menos cúbrete —dijo ella.

—¡¿Quién es ese?! —pregunté agitado.

El hombre comenzó a gruñir a lo que Lúa volvió a gritarle.

—¡Basta, Allan! —Suspiró, se volteó a verme y dijo—: Él es el *volkodlak* a quien me vendieron...

—¡Soy Allan, alfa de la manada Luna Azul! ¡Ella... —agarró a Lúa con brusquedad por el brazo y la colocó frente a él—... es mía!

Desperté del recuerdo enojado conmigo mismo. Debí hacer algo... matarlo en ese momento. Lúa... solo quería volver a verla, abrazarla, tenerla entre mis brazos y poder saborear sus dulces labios una vez más. Si tan solo hubiera...

La puerta se abrió de golpe y Ashlyn entró, seguida de Jasha.

—Pero ¿qué demonios pasó aquí? —preguntó Ashlyn con sarcasmo, viendo el desastre que había dejado la pelea con el lobo.

—La casa apesta a *volkodlak* —dijo Jasha, mientras buscaba por todo el cuarto.

—Solo fue uno buscando refugio y se topó conmigo.

—¿En serio? ¿Y qué hiciste, espantarlo? —preguntó Ashlyn, levantando uno de los muebles del suelo.

—¿Pudieron comunicarse con los ancianos? ¿Cuándo me esperan? —pregunté, cambiando el tema.

—Sí, te están esperando. Quieren verte hoy mismo. ¿Estás seguro qué solo era uno? Esas bestias siempre andan en manada —dijo Jasha.

—Sí, solo fue uno, y luego de darle una *bienvenida* salió corriendo. Ahora, ¿dónde están los demás? Debemos irnos.

Ashlyn se sentó en el mueble que había levantado.

—Estarán aquí en unos minutos. Tan pronto lleguen con la furgoneta iremos al castillo. Necesitas llevar lo que el señor Petroli te encomendó.

—Lo sé —contesté sin ánimo.

Jasha salió de la habitación sin decir más y Ashlyn se quedó mirándome con fijeza, cruzada de brazos.

—¿Qué? —pregunté, imaginándome lo que quería saber.

—Reconozco ese aroma en cualquier parte. Sé que estuvo aquí, a mí no me puedes mentir. ¿Cómo es posible que esté viva y sea uno de ellos? Explícate.

Glosario

- **Chelovek** — Humana

- **Gryaznyy Chelovek** — Sucia humana

- **Acónito** — Wols Bane (Planta venenosa)

- **Vurdalak** —Vampiros

- **Volkodlaks** — Hombres lobos

- **Isla Yuzhny** — Isla al norte de Rusia

- **Klan** — Clanes

AGRADECIMIENTOS

Gracias a Dios y a mi familia por creer en mí e impulsarme a continuar y sacar a la luz las historias que encierro dentro.

A Luis por aguantar todas mis loqueras y mi gran imaginación, *te amo*.

A mi madre querida: sin tus peleas, no hubiera terminado de escribir.

Gracias Ivy, porque sin ti no estaría donde estoy. Eres una de mis guías desde muy pequeña.

A mis hermosos lectores, gracias. Vuelen alto y nunca dejen de soñar.

Este libro va dedicado a todos ustedes.

Sobre la Autora

Valeria González es natural de Bayamón, Puerto Rico. En la actualidad, reside con su esposo y sus dos hijos adolescentes en el pueblo de Gurabo. Desde pequeña, su madre y tía cultivaron en ella el amor por la lectura, convirtiéndola en una amante de los libros. Le fascina remontarse en las alas de la imaginación y crear historias fantásticas. Los animales son parte importante de su vida, pues desde que tiene memoria ha tenido mascotas, muchas de ellas rescatadas.

Estudió Administración de Manejo de Emergencias, Cosmetología, Facturación a Planes Médicos, y sigue tomando cursos para adentrarse en la artesanía.

Es co-autora de la *Saga del Fénix*. *A través de los ojos de la bestia* es su primera publicación sola.

Valeria espera poder llegar al corazón de los lectores y seguir creciendo en el mundo de la literatura.

Síguela en sus redes sociales:

 Valeria González

 wildcatvale

Otros títulos por Publicaciones Lola

publicacioneslola.com

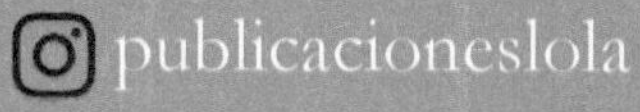

www.ingramcontent.com/pod-product-compliance
Lightning Source LLC
Chambersburg PA
CBHW021156160726
47994CB00001B/236